Absender
(Studenten bitte Heimatanschrift angeben):

....

....

....

Beruf: ....

Davies. V.74. 4,4. nn. Printed in Germany

Bitte
ausreichend
frankieren

Werbeantwort/Postkarte

Gustav Fischer Verlag

D-7000 Stuttgart 72
Postfach 720143

M. Davies

Funktionen biologischer Membranen

gustav fischer taschenbücher

Führer zur modernen Biologie

Weitere Bände dieser Reihe:

J. M. Ashworth, Zelldifferenzierung
D. R. Garrod, Zellentwicklung
R. A. Woods, Biochemische Genetik

(Näheres siehe Seite 95)

Funktionen biologischer Membranen

Einführung in den zellulären Stofftransport

Von
M. DAVIES
University of York

Aus dem Englischen übersetzt von
WOLFGANG BLASCHEK
Stuttgart-Hohenheim

27 Abbildungen und 10 Tabellen

SEMPER BONIS ARTIBUS
GUSTAV FISCHER VERLAG · STUTTGART
1974

Originaltitel: Functions of Biological Membranes
Original English language edition published
by Chapman and Hall Ltd, London 1973

ISBN 3-437-20129-8

Satz: Oelschlägersche Druckerei, Calw
Druck: Offsetdruckerei Karl Grammlich, Pliezhausen
Einband: Sigloch KG, Stuttgart
Printed in Germany

Vorwort der Herausgeber

Von einem Studenten der Biologie im höheren Semester wird erwartet, daß er mit der derzeitigen Forschung im Bereich seines Faches vertraut ist. Neue Forschungsarbeiten werden in verwirrender Vielfalt veröffentlicht, und sie gehen unvermeidlicherweise sehr ins Detail. Allein die bloße Anzahl der Fachzeitschriften und Veröffentlichungen verursacht Verwirrung, und es ist äußerst schwierig, sich deren Inhalt anzueignen. Übersichtsartikel setzen in der Regel Grundkenntnisse auf dem Gebiet voraus und sind notwendigerweise in ihrer Thematik eingeschränkt. Daraus ergibt sich die Notwendigkeit für kurze, aber kompetente Einführungen in jene Bereiche der modernen Biologie, die in den gewöhnlichen Lehrbüchern entweder gar nicht oder nicht ausführlich genug behandelt werden. Davon ausgehend soll es dem Studenten möglich sein, auch die schwierigeren Artikel mit Gewinn zu lesen. Die vorliegende Reihe soll dazu beitragen, die bestehende Lücke zu schließen.

Die Autoren dieser Reihe wurden gebeten, einen kurzen Überblick über ihr Fachgebiet zu geben. Dabei wurde angenommen, daß die Leser sich bereits einiges Wissen auf dem Gebiet der allgemeinen Biologie angeeignet haben. Die Reihe baut auf dieser Basis auf und liefert damit einen theoretischen Rahmen, innerhalb dessen die moderne Forschung voranschreitet. Sie soll dem Leser Zugang zu theoretischen und praktischen Problemen verschaffen, die überwunden werden müssen, wenn ein Fortschritt erzielt werden soll. Wir hoffen, daß die Studenten damit beginnen, die ausführlicheren Berichte und Artikel, auf die in diesem Buch hingewiesen wird, mit größerem Verständnis zu lesen, und daß sie diese in die moderne Forschung besser eingliedern können. So soll ihnen bei der Wahl der eigenen Forschungsrichtung geholfen werden.

Die vorliegenden Bändchen sind keine Lehrbücher, sondern »Führer«. Da die moderne Forschung sich wenig um die akademische Aufgliederung kümmert, der Lehre und Lehrbücher der Biologie notwendigerweise folgen, haben wir uns in dieser Reihe darum bemüht, Leitfäden für jene Wissenschaftsbereiche zu schaffen, die zwischen mehreren akademischen Disziplinen liegen oder diese überschneiden. Denn gerade auf diesen Gebieten ist die Kluft zwischen Veröffentlichungen und Lehrbüchern und damit der Bedarf nach einführenden Darstellungen am größten. Wir hoffen, daß wir auf diese Weise die grundlegenden

Lehrbücher ergänzt und erweitert, jedoch nicht überflüssig gemacht haben. Vielleicht können wir den Studenten helfen, Einsicht in das Voranschreiten der modernen biologischen Forschung zu gewinnen und zugleich ein erfolgreiches Examen vorzubereiten.

T. W. Goodwin, Liverpool · J. M. Ashworth, Leicester

Inhalt

1 Eigenschaften von Membranen

Dieses Buch über die Funktion biologischer Membranen beginnt unter der Voraussetzung, daß der Leser sich einigermaßen mit Membranen auskennt. Er sollte wissen, wo Membranen in lebenden Organismen vorkommen; er sollte eine Vorstellung über ihre Stärke und ihr Aussehen unter dem Elektronenmikroskop haben, nachdem die Membranen in üblicher Weise fixiert, kontrastiert, entwässert und eingebettet worden sind; er sollte sich fragen, wie die überall vorhandene Doppellinie (dunkel-hell-dunkel) und die mit ihr eng verbundenen Strukturen die Eigenschaften einer selektiven Schranke erfüllen können, die den Membranen im allgemeinen zugeschrieben wird. Der Grundgedanke dieses Buches ist, daß wir, um biologische Membranen verstehen zu können, als Biochemiker über sie nachdenken und mit ihnen experimentieren sollten. Dabei müssen wir immer an folgende zwei Gegebenheiten denken: die physikalisch-chemischen Grundsätze grenzen das Mögliche ab, und der physiologische Rahmen des bisher Entdeckten beschreibt, was sich in der Evolution durchgesetzt hat. Abschnitt 1.1 ist ein Versuch, die biologischen Membranen als dynamisch-chemische Strukturen zu beschreiben; er zeigt, wie schwer es sein kann, experimentelle Ergebnisse in dem erwähnten Zusammenhang zu deuten. Dieser Abschnitt stellt nur einen Versuch dar, so daß es passender wäre, ihn an das Ende dieses Buches zu stellen; das Wagnis, mit ihm zu beginnen, kann nur aus Gründen der biochemischen Logik entschuldigt werden, da Schlußfolgerungen aus der chemischen Struktur nach Möglichkeit zuerst berücksichtigt werden sollten.

1.1 Membranen als dynamische Strukturen

Biologische Membranen können von anderem zellulären Material durch eine Vielzahl von Techniken mit unterschiedlichem Erfolg getrennt werden. Membranen bestehen hauptsächlich aus Lipiden, Proteinen und etwas Wasser. Im Lipidanteil überwiegen Phospholipide. Sie haben (geladene) polare, hydrophile Köpfe und lange, hydrophobe Schwänze. Es ist seit langem bekannt, daß solche Substanzen auf Wasser, in dem sich das polare Ende löst, monomolekulare Schichten bilden. Eine solche Schicht kann innerhalb eines beweglichen Dammes zurückgehalten werden; die Kraft, die auf den Damm wirkt, kann gemessen und auf die eingeschlossene Fläche bezogen werden. In großen Flächen verhält sich der Film wie das zweidimensionale Analogon eines Gases; nimmt die Fläche ab, wird ein Punkt erreicht, an dem eine «Kondensation» zu einer «zweidimensionalen Flüssigkeit» stattfindet. Bei reinen Substanzen hängt die Fläche pro Molekül an diesem «Kondensationspunkt» von der Geometrie und Packung der apolaren Seitenketten ab. Langmuir entdeckte, daß solche Filme übereinander gefaltet werden können und dabei mehrschichtige Membranen bilden (Abb. 1.1), in denen apolare und polare Flächen abwechselnd aufeinanderfolgen. Substanzen, die ein polares und apolares Ende haben, können Mischungen aus nicht mischbaren, polaren und apolaren Flüssigkeiten so emulgieren, daß kugelförmige Tröpfchen entstehen, die mit einer einschichtigen Membran umgeben sind. In wäßrigen Lösungen könnten unter gewissen Bedingungen kugelige Mizellen (mit zweischichtiger Umhüllung) gefunden werden, und noch komplexere Phasen (flüssige Kristalle) bilden sich, wenn der Wasseranteil abnimmt (Abb. 1.1).

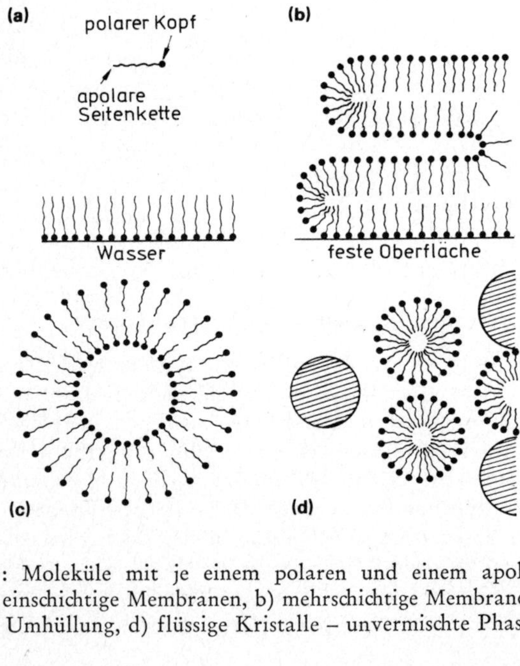

Abb. 1.1: Moleküle mit je einem polaren und einem apolaren Ende bilden a) einschichtige Membranen, b) mehrschichtige Membranen, c) zweischichtige Umhüllung, d) flüssige Kristalle – unvermischte Phase

Gorter und Grendel berechneten aus Studien mit einschichtigen Membranen und aus der Analyse der Lipide roter Blutkörperchen, daß in einer Zelle gerade genug Lipide vorhanden sind, um eine Doppelmembran von der Oberflächenausdehnung zu bilden, wie sie in der Zelle vorliegt. Davson und Danielli schlugen anschließend ihr Lipoprotein-Doppelmembranmodell für Plasmamembranen vor, bei dem Proteine beide Seiten einer Lipiddoppelschicht umhüllten. Eine Vielzahl von Beweisen (einschließlich Röntgenstrahlenbeugungsspektren) wies darauf hin, daß die Myelinscheide aus mehreren aufeinanderfolgenden Lipid- und Proteinschichten zusammengesetzt ist. Später konnten zweischichtige Membranen (und teilweise auch mehrschichtige) aus synthetischen Lipiden oder Extrakten von Membranpräparationen hergestellt werden, so daß sie zwei wäßrige Phasen voneinander trennten. Sie entsprechen biologischen Membranen gut genug, um unerläßliche Forschungsobjekte darzustellen.

Eine offensichtliche, aber vielleicht oberflächliche Deutung aus dem elektronenmikroskopischen Bild ist, daß die gefärbte Doppellinie mit einer zweischichtigen Membran übereinstimmt, die eine Symmetrieebene besitzt. Diese Struktur erklärt den physikalisch-chemischen Hintregrund, aber um die bekannten physiologischen Eigenschaften zu erklären, bedarf sie einiger Abwandlungen. Zweifel über die Natur der zweischichtigen Membran tauchten mit der Entdeckung auf [29] (mit Hilfe von Röntgenstrahlenbeugungsspektren), daß umfassende Veränderungen sowohl in der Größe als auch in der Struktur der Membran während der üblichen Präparation für das Elektronenmikroskop stattfinden. Es erhebt sich nun die Frage, ob das typische Aussehen der Membranen nach der Kontrastierung mit Osmiumtetroxid als Beweis für eine symmetrische Struktur gelten kann. Wenn die Kontrastierung für eine besondere Komponente unabhängig von deren Lage spezifisch ist, mag dies zutreffen; wenn aber unspezifisch etwas kontrastiert wird, was auf der Außenseite einer undurchlässigen Schicht liegt, ist dies sicherlich nicht der Fall. Überraschenderweise scheinen nur wenige Experimente in bezug auf das Eindringungsvermögen und die Spezifität des Kontrastierungsmittels gemacht worden zu sein. Das Problem, wie fremde Moleküle in die Membranstruktur eindringen, wird nun in Angriff genommen, und zwar werden energetische Veränderungen gemessen (durch verschiedene spektroskopische Techniken). Diese energetischen Veränderungen werden durch das Eindringen geeigneter «Probemoleküle» in die Membran und durch die Wechselwirkung der Probemoleküle mit Molekülen aus der Umgebung verursacht. Diese Methode sollte über die natürliche Membranstruktur besseren Aufschluß geben als die herkömmliche Elektronenmikroskopie. Inzwischen scheint es aus physikalisch-chemischer Sicht vernünftig, die Vorstellung zu akzeptieren, daß eine zweischichtige Membran die Grundlage der Membranstruktur bildet. Dabei sollte man aber nicht vergessen, daß die makrosko-

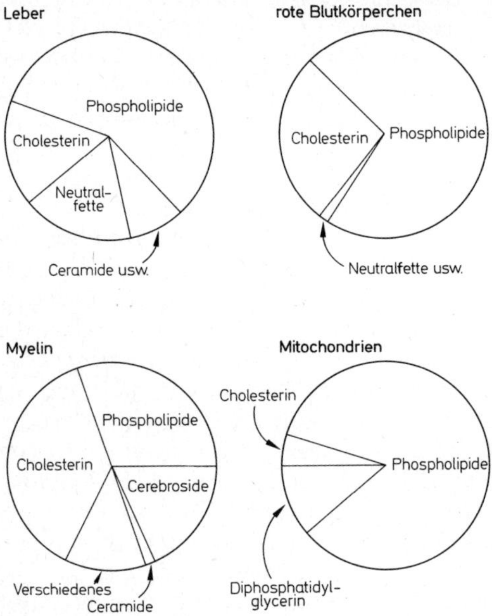

Abb. 1.2: Zusammensetzung der Lipidfraktion von Membranen

pische Untersuchung von ein- und zweischichtigen Membranen ebensowenig physiologisch wichtige Unregelmäßigkeiten enthüllen kann, wie die makroskopische Untersuchung von Kristallen deren Strukturfehler aufdeckt. Wir können ebenso annehmen, daß die Chance gering ist, durch die Zerstörung und das Auflösen einer Membran bestimmte, makromolekulare Unregelmäßigkeiten in der Struktur zu entdecken, die das physiologische Verhalten der Membran erklären könnten.

Die Membranlipide können in verschiedene Klassen unterteilt werden. Diese sind in Abb. 1.2 für die vier üblichen Membrantypen zusammengestellt, wobei die verschiedenen Komponenten schematisch auf der Basis des Trockengewichts angegeben werden. Der Anteil dieser Lipide, die normalerweise in allen Membranen enthalten sind, schwankt in weiten Bereichen; andere Lipide sind auf spezielle Membrantypen beschränkt. Tabelle 1.1

Tab. 1.1. Zusammensetzung des Phospholipidanteils menschlicher Erythrocyten [41]

Art	Gew.% und Abw.	Art der Ladung
Sphingomyelin	23,8 ± 1,3	+ —
Phosphatidylcholin	29,5 ± 1,2	+ —
Phosphatidyläthanolamin	25,7 ± 2,5	+ —
Phosphatidylserin	15,0 ± 1,7	+ —
Phosphatidylinositol	2,2 ± 1,0	—
Lysolecithin	0—1,6	+ —
Anderes	3,3 ± 1,6	
Summe P	95 %	

zeigt die verschiedenen Unterklassen der Phospholipide aus dem Extrakt menschlicher Erythrocyten. Gleichzeitig wird die Ladung der Phospholipide bei pH 7 angegeben. Beim Menschen ist die Zusammensetzung der Phospholipidfraktion im Myelin von der in Erythrocyten völlig verschieden. Die unterschiedlichen gesättigten und ungesättigten Fettsäurenseitenketten sind nicht gleichmäßig über die verschiedenen Phosphoglyceridklassen der Erythrocyten verteilt und ebensowenig befinden sich die Seitenketten innerhalb einer Phosphoglyceridklasse wahllos in irgendeiner Position. Zum Beispiel ist die Seitenkette 2 beim Phosphatidylcholin im allgemeinen eine mehrfach ungesättigte Fettsäure. Beim Vergleich dieser Gewebe war kein Beweis für eine stöchiometrische Beziehung zwischen den verschiedenen Membrankomponenten festzustellen. Dieser Eindruck wird durch interspezifische Vergleiche eines Gewebes bestätigt; z. B. ist das Verhältnis von Phospholipiden zu Cholesterin in menschlichen Erythrocyten ziemlich konstant, aber es bestehen deutliche Unterschiede in der Zusammensetzung der Phospholipide. Die möglicherweise physiologische Bedeutung dieser Tatsache wird später diskutiert.

Die Menge an Protein, die in einer Membranfraktion mit Lipiden assoziiert ist, hängt bis zu einem gewissen Grade von der biochemischen Isolierungstechnik ab, aber sie verändert sich deutlich mit dem Membrantyp. So liegt der Proteinanteil z. B. im Myelin viel niedriger als in Membranen aus Erythrocyten. Zu membrangebundenen Proteinen zählen auch Enzyme wie die ATPase (in Erythrocyten und Mitochondrien) und Dehydrogenasen (in Mitochondrien und Bakterien). In einigen Fällen konnte gezeigt werden, daß die Extraktion der Lipide die Enzymaktivität senkt, daß diese aber wieder hergestellt werden kann, wenn das entsprechende Lipid wieder zugegeben wird. Es ist denkbar, daß einige Proteine nur über die Kopfgruppen der Phospholipide an die Membran gebunden sind, aber es ist auch bekannt, daß viele membrangebundene Enzyme einen auffallend höheren Anteil an Aminosäuren mit apolaren Seitenketten als freie Enzyme besitzen. Es ist gut möglich, daß diese Enzyme hydrophobe Anteile haben, die in die Lipidphase der Membran eindringen und mit dieser in Wechselwirkung stehen. Bretscher [4] konnte die Anwesenheit von ungefähr 5×10^5 gleichartigen Protein-Molekülen in jeder Erythrocytenmembran chemisch nachweisen (die Beweise sind spezifisch, aber zu komplex, um hier dargestellt werden zu können). Die Funktion dieser Proteine ist unbekannt, und sie sind über die ganze Membran verteilt. Man nimmt an, daß sie hydrophile Enden und ein hydrophobes Mittelstück besitzen. Es ist möglich, daß diese Proteine mit den Partikeln identisch sind, die bei elektronenmikroskopischen Aufnahmen von Erythrocytenmembranen mit Hilfe der Gefrierätzung sichtbar werden. Somit scheint die Annahme berechtigt, daß Proteine existieren könnten, die entweder auf der einen oder anderen Seite der Membran einen hydrophilen Anteil besitzen.

Natürliche Membranen enthalten Wasser, und Kernresonanzspektren [7] weisen darauf hin, daß ein großer Teil dieses Wassers mit Proteinen assoziiert ist. Die Hauptmenge des Wassers ist locker gebunden, wobei aber die Moleküle bedeutend weniger beweglich sind als in flüssigem Wasser. Ein kleiner Teil ist fest gebunden, etwa vergleichbar mit dem Wasser in festen Hydraten.

Der Beweis für den dynamischen Zustand der Membranen wurde durch Untersuchungen über die Erneuerung von Membrankomponenten mit Hilfe von radioaktiv markierten Substanzen erbracht. So liegen zum Beispiel die Umsatzzeiten für Phospholipide [27] in Mitochondrien bei einigen Wochen bis zu ein paar Tagen, während sie bei Myelinlipiden einige Monate betragen. Des weiteren besteht kein offensichtlicher Zusammenhang zwischen der Größe einer Phospholipidfraktion in einem Gewebe und ihrer Umsatzrate. Die Zusammensetzung der Fraktion und die Umsatzraten sind zwar gewebespezifisch, jedoch sind beide voneinander bis zu einem gewissen Grade unabhängig. Jedes Membranprotein ist wahrscheinlich mit mehr als einem Lipidmolekül assoziiert, was sich schon aus der Größe des Proteins ergibt Die Verschiedenheit der Lipidumsatzraten rührt dann vermutlich daher, daß Lipide und Proteine die Partner wechseln. Weitere Erkenntnisse über die Dynamik von Membranen dürften gewonnen werden, wenn Erythrocyten als Versuchsobjekte benützt werden, da sie relativ einfach gebaut und leicht zu isolieren sind. Recht ausgeprägte Veränderungen in der Lipidzusammensetzung können durch eine andere Ernährung herbeigeführt oder wieder rückgängig gemacht werden. Dies kann in Zeiträumen geschehen, die viel kürzer sind als die Lebenszeit eines Erythrocyten. Ein Teil einer solchen Änderung in der Membranzusammensetzung scheint durch Acyltransferasen, die mit der Membran assoziiert sind, hervorgerufen zu werden. Aber da die Erythrocyten keine Phospholipase enthalten, müssen die Vorstufen (z. B. Lysophosphatide und Fettsäuren) aus dem Plasma stammen. Damit das Substrat zur aktiven Stelle des Enzyms gelangen kann, muß entweder das Substrat oder das Enzym beweglich sein. Die Abhängigkeit der Reaktion von einem Enzym, das mit der Membran assoziiert ist, beweist also, daß sich Membrankomponenten von der geforderten normalen Lage in der zweischichtigen Membran wegbewegen können. Beim Menschen sind 60 % des Phosphatidylcholins der Erythrocyten mit dem im Blutplasma austauschbar, und 30 % des Phosphatidylserins. Diese Unterschiede in der Austauschbarkeit können kaum mit verschiedener Löslichkeit der Phospholipide im Extraktionsmittel erklärt werden. Der vollständige Austausch von Cholesterin zwischen den Zellen und dem Plasma findet innerhalb von 8 Stunden statt, wogegen nur ca. 10 % des Phosphatidylcholins in einem Zeitraum von 12 Stunden ausgetauscht werden. Es wurden auch Versuche zur reversiblen Entfernung von Erythrocyten-Cholesterin unternommen; dabei nimmt die Oberflächenausdehnung der Erythrocyten ab und die osmotische Empfindlichkeit zu (die Ursache dafür können entweder mechanische Veränderungen oder Permeabilitätsänderungen oder aber beides zusammen sein). Veränderungen der physiologischen Eigenschaften sind mit Änderungen der Lipidzusammensetzung verknüpft. Das läßt erneut vermuten, daß das Verhältnis der einzelnen Membrankomponenten zueinander mit physiologischen Parametern in Beziehung steht.

Der Leser wird nun aus dem bisher Gesagten selbst bei dieser summarischen Zusammenfassung zur Erkenntnis gelangt sein, daß ein Mangel an faßbaren Zusammenhängen der analytischen Daten für diesen Abschnitt kennzeichnend ist: umfassendere Besprechungen bestätigen diesen Eindruck [40]. Um zum Ausgangspunkt zurückzukehren, wollen wir, vereinfacht dargestellt, einen Vergleich zwischen den Erythrocyten verschiedener Säugetierspezies anstellen. Dabei sollen einige ziemlich grob bestimmte, physiologische Parameter erfaßt werden: die Permeabilität, die durch Haemolyse in Äthylen-Glykol-Lösungen ermittelt wurde, und der prozentuale Anteil zweier Membranbestandteile. In Tabelle 1.2 sind diese Parameter der Größe nach angeordnet. Würde man *nur* diese Tabelle betrachten, könnte man leicht zum Schluß kommen, daß nahezu alle gesättigten Fettsäuren in der Phosphatidylcholin-Fraktion enthalten sind und dies die Grundlage für diese Beziehungen darstellt (vgl. Zeile 1 und 3). Ein nur flüchtiger Blick auf die Fettsäureverteilung zeigt denn auch, wie schlecht dies wäre: man würde dabei nur einen von vielen, zusammenhängenden Faktoren berücksichtigen und der Mechanismus, dem die Fettsäureverteilung unterliegt, bliebe unverstanden.

Tab. 1.2. Vergleich der Zusammensetzung roter Blutkörperchen verschiedener Herkunft

Phosphatidylcholin (%)	Ochse < Schaf < Schwein < Mensch ≈ Kaninchen ≈ Ratte
Permeabilität für Glykol	Schaf < Ochse < Schwein < Mensch < Kaninchen < Ratte
gesättigte Fettsäuren (%)	Schaf < Ochse < Schwein < Kaninchen < Mensch < Ratte

In lebenden Organismen trennen biologische Membranen wäßrige Phasen verschiedener Zusammensetzung voneinander. Bei der lichtmikroskopischen Betrachtung von Epithelzellen, die auf Kohlehydrate und Protein gefärbt sind, wird sichtbar, daß sich die unterschiedliche Zusammensetzung bis zur Zellgrenze hin erstreckt. An deren Außenseite überwiegen Kohlehydrate und an ihrer Innenseite Proteine. Man könnte nun erwarten, daß eine Membran aus verschiedenen Bauelementen auf die unterschiedliche, molekulare Zusammensetzung ihrer Umgebung mit Asymmetrie reagiert. Der Beweis hierfür wurde durch die Reaktion intakter Erythrocyten mit gruppenspezifischen Reagentien, für die die Membran impermeabel war, erbracht. Im Gegensatz dazu sind bei der Reaktion von osmotisch lysierten und gewaschenen Erythrocytenmembranen (ghosts) Innen- und Außenseite den Reagentien zugänglich. Beispielsweise sind viel mehr Proteine mit der Innenseite der Erythrocytenmembran assoziiert, und es befindet sich viel weniger reaktionsfähiges Phosphatidylserin und -cholin an der Außenseite. Viele Beweise lassen darauf schließen, daß Zellerkennungsregionen auf der Außenseite der Membran sitzen.

Man sollte annehmen, daß in reinen, synthetischen Lipiden bei biologischen Temperaturen die Kohlenwasserstoffschwänze der Moleküle wie in kristallinen Festkörpern regelmäßig angeordnet sind. Thermochemische Untersuchungen mit natürlichen Lipiden zeigen allerdings, daß die verschiedenen Fettsäureseitenketten ungeordnet und beweglich vorliegen, als wären sie mit einer Flüssigkeit assoziiert. Der Beweis für die Beweglichkeit der Lipide in der Membran wurde durch Experimente an wachsenden E. coli erbracht [12, 28]. Dabei zeigte sich, daß neusynthetisierte Lipide sich mit schon vorher vorhandenen Lipiden vermischen, und zwar in Zeiträumen, die im Vergleich zur durchschnittlichen Generationszeit von E. coli kurz sind. Momentan kann man jedoch noch nicht unterscheiden, ob ein zufälliger Einbau überall in die Membran stattfindet oder ein Einbau in einige wenige Zentren, dem eine seitliche Diffusion innerhalb der Membran folgt. Es konnte durch spektroskopische Untersuchungen an geeigneten Doppelmembransystemen gezeigt werden, daß die seitliche Diffusion (in der Membranebene) viel schneller vonstatten geht als der Platztausch («flip-flop») zwischen der einen und der anderen Seite der Membran. Falls diese Befunde auf wachsende Zellen bezogen werden könnten, würden sie bei der Klärung der Frage helfen, wie die Asymmetrie von Membranen in einem dynamischen Fließgleichgewicht aufrecht erhalten werden kann.

Zusammenfassung

Das oben Gesagte läßt uns an eine asymmetrische, aus zwei flüssigen Phasen bestehende Struktur der Membran denken, bei der die zufällig miteinander verbundenen Moleküle eine unterschiedliche Lebensdauer haben. Außerdem darf man annehmen, daß die entsprechenden physiologischen Eigenschaften der Membran letztlich unter genetischer Kontrolle stehen, was sich in gewebe- und artspezifischen Unterschieden ausdrückt. Die Membran ist offenbar sogar in der Lage, auf Umwelteinflüsse zu reagieren, als ob die genetische Kontrolle indirekt über spezifische anabolische und katabolische Enzyme ausgeübt werden würde. Die spezifische Bindung der Proteine an die Lipide hängt sicherlich von der Bildung einer geeigneten Gruppe von Lipidmolekülen ab, die aber weder unbeweglich noch beständig sind. Der Zusammenschluß der einzelnen Moleküle zur Membran erfordert keine Enzyme: er findet spontan statt, was thermodynamisch gut möglich ist. Dieses dynamische Bild dürfte das statische Bild der Doppelmembran, welches wir von cytologischen Studien her normalerweise kennen, doch etwas trüben.

1.2 Diffusion und Osmose

1.2.1 Diffusion

Die Diffusion eines Stoffes in einer Lösung kann am besten sowohl theoretisch als auch praktisch untersucht werden, wenn ein Konzentrationsgefälle entlang einer definierten Achse besteht. Eine solche Diffusion wird empirisch im 1. Fickschen Gesetz beschrieben:

$$\frac{\mathrm{d}m}{\mathrm{d}t} = -DA\left(\frac{\mathrm{dc}}{\mathrm{d}x}\right) \qquad 1.1$$

Dabei stellt dm/dt den Stoff-Fluß dar (angegeben in Masse oder Mol pro Zeiteinheit), der sich senkrecht zu einer Ebene der Ausdehnung A bewegt. Ebenfalls senkrecht zu dieser Ebene herrscht ein Konzentrationsgefälle von dc/dx (wobei die Dimension von c gleich wie die von m angegeben wird). Der Diffusionskoeffizient D ist klein und hat üblicherweise die Dimension $cm^2 \cdot s^{-1}$. In wäßrigen Lösungen ändert sich D in Abhängigkeit vom Molekulargewicht M nicht stark (Tab. 1.3).

Die klassische Interpretation der Diffusion von Molekülen, die auf Grund zufälliger, thermischer Bewegung in einer Lösung mit-

Tab. 1.3. Diffusionskoeffizienten in wäßriger Lösung bei 25° C [10, 16]

Substanz	O_2	Acetylcholin	Saccharose	Serumalbumin
D cm^2 s^{-1} (· 16^6)	19,8	5,6	2,4	0,7
M	32	182	342	69 · 10^3

einander die Plätze tauschen, ist diejenige von Einstein. Er leitete zwei wichtige Gleichungen her, die noch immer bei der Betrachtung von Diffusionsvorgängen benützt werden. Die erste dieser Gleichungen (1.2) zeigt, daß der Diffusionskoeffizient für eine bestimmte Molekülgruppe sich je nach Art des Lösungsmittels ändert.

$$D = \frac{RT}{\mathrm{L}}\left(\frac{1}{f}\right) \quad (\text{wobei } f = 6\pi\eta r) \qquad 1.2$$

D ist umgekehrt proportional zum Reibungskoeffizienten f, wobei f die Reibung zwischen gelöstem Stoff und Lösungsmittel beschreibt (R ist die Gaskonstante, T die absolute Temperatur und L die Avogadrosche Zahl). Unter der Annahme, daß ein sphaerisches Molekül mit Radius r in einer Flüssigkeit der Viskosität η gelöst ist und daß der gelöste Stoff dem Stokeschen Gesetz f = $6\,\pi\eta$r folgt, kann der Diffusionskoeffizient zur Molekülgröße in Beziehung gesetzt werden. Dennoch scheinen diese Voraussetzungen in Wirklichkeit nur unvollständig zuzutreffen. Aus Gleichung 1.2 und Tabelle 1.3 ist ersichtlich, daß die Diffusion als Transportmechanismus in freier Lösung hinsichtlich der Molekülgröße nicht sehr selektiv wirkt. Die Werte für D sind bei kleinen Molekülen ungefähr proportional zu $M^{-1/2}$ und bei größeren Molekülen zu $M^{-1/3}$. Wichtiger aus der Sicht der Membranforschung ist vielleicht der Vergleich der Diffusion in Wasser und Öl; verwendet man pflanzliche Öle als grobe Vergleichssubstanzen zu biologischen Membranen, kann man aus der Viskosität schließen, daß für denselben gelösten Stoff der Wert von D nur 1/100 oder noch weniger des D-Wertes in Wasser beträgt.

Einsteins zweite Gleichung (1.3) ist für biologische Fragen wichtig; mir ihr kann die von einem Molekül in sehr kurzer Zeit τ zurückgelegte Strecke Δ berechnet werden.

$$\Delta^2 = 2\,\mathrm{D}\,\tau \qquad 1.3$$

Es wird angenommen, daß sich in dieser Zeit dc/dx praktisch nicht verändert. In dieser Form gilt die Gleichung für eine Situation, in der das Konzentrationsgefälle eindimensional ist. (Der Leser kann mit der Gleichung 1.3 einmal die Zeit berechnen, in der Acetylcholin 20 nm weit in einer Synapse wandert, und diese Zeit mit der Verzögerung vergleichen, die von Neurophysiologen gemessen wurde.) Bei Untersuchungen des biologischen Transports ist es wichtig, die Zeit zu kennen, in der Moleküle in der Zelle diffundieren. Für die Diffusion in drei Ebenen (dreidimensionaler Transport) ersetzt Gleichung 1.4 die Gleichung 1.3:

$$\Delta^2 = 6\,D\,\tau \qquad 1.4$$

Wenn wir annehmen, daß ein Molekül im Zentrum einer Zelle synthetisiert wird (z. B. in einem kugeligen Bakterium mit einem Radius von 0,7 μm), so erhebt sich die Frage, wie lange dieses Molekül braucht, um zum Rand der Zelle zu diffundieren?

Man kann dies für ein Molekül in der Größe von Saccharose berechnen; der D-Wert von Saccharose im Exsudat aufgebrochener Bakterienzellen [25] wird auf 10^{-6} cm$^2 \cdot$ s^{-1} geschätzt. Daraus ergibt sich eine Zeit von ca. 10^{-3} s. Wie wichtig diese Berechnung ist, zeigt sich an einem anderen Beispiel. Es gibt Beweise aus Markierungsexperimenten in Bakterien, daß sich viele verschiedene Sorten kleiner Moleküle so verhalten, als befänden sie sich in einzelnen gut durchmischten «Kompartimenten». Viele dieser Moleküle sind einem sehr raschen «turn-over» unterworfen [11]; z. B. wird ein ATP-Molekül in E. coli durchschnittlich jede Sekunde erneuert. Solch ein schneller Umsatz muß von einer guten Durchmischung abhängen, so daß vermutlich für eine Diffusion vom Mittelpunkt der Zelle zum Rand der Wert von τ nur 1/100 der «turn-over-Zeit» oder noch weniger betragen sollte ($\tau \leqslant 0{,}01$ s). Aus einer «turn-over-Zeit» von 1 s folgt, daß D $\geqslant$ $0{,}1 \cdot 10^{-6}$ cm$^2 \cdot$ s^{-1}. Liegt D in dieser Größenordnung, so würde dies bedeuten, daß sich Moleküle in wäßriger Lösung bis zur Größe von Proteinen so verhalten, als befänden sie sich in einzelnen Kompartimenten. Bei Bakterien dürfte dies für Proteine kaum zutreffen, da sich ihnen größere Hindernisse wie Ribosomen und DNA in den Weg stellen; aber es ist denkbar, daß kleinere Moleküle in wassergefüllten Räumen wandern. D. h., sie würden sich in einem Medium fortbewegen, das flüssiger ist, als der eigentliche, viskose Zellinhalt. Diese Annahme wird durch die Tatsache unterstützt, daß der D-Wert für Saccharose im

Bakterien-Exsudat nur 40 % des Wertes von D in reiner, wäßriger Lösung beträgt. Es ist interessant, eine sphärische Zelle zu betrachten, die nur 5mal so groß wie dieses hypothetische Bakterium ist (und viele Säugetierzellen sind noch größer). Für $\tau \leqslant 0{,}01$ s (vom Zentrum zur Peripherie der Zelle) finden wir $D \geqslant 2{,}5 \cdot 10^{-6}$, was nur für sehr kleine Moleküle wie zum Beispiel O_2 zutreffen kann. Diese Berechnung führt zu der teleologischen Ansicht, daß die Unterteilung eukaryotischer Zellen in membranbegrenzte Kompartimente teilweise entstanden sein dürfte, um aus der zufälligen thermischen Bewegung kleiner Moleküle Vorteile zu ziehen. Es soll damit sichergestellt werden, daß Reaktionen unter stets kontrollierbaren Bedingungen ablaufen.

1.2.2 Osmose

Die physikalische Chemie beschreibt den osmotischen Druck einer Lösung oft als eine thermodynamische Funktion, während es für Biologen günstiger ist, den osmotischen Druck als eine stets betriebsbereite Größe zu betrachten. Diese hängt sowohl von der Lösung als auch von einer Membran ab, die für eine oder mehrere Lösungskomponenten semipermeabel ist. In dem wohlbekannten Grundbeispiel wird nur ein Stoff B in dem alleinigen Lösungsmittel A gelöst, und die semipermeable Membran stellt dabei ein Molekularsieb dar, welches zwar A, aber nicht B durchtreten läßt. Der osmotische Druck der Lösung wird als derjenige Druck definiert, der auf die semipermeable Membran, welche die Lösung vom Lösungsmittel trennt, ausgeübt werden muß, um einen Fluß von A zu verhindern. Aus experimentellen Beobachtungen ergab sich für den Grenzfall unendlich verdünnter Lösungen das Gesetz $\pi = R \cdot T \cdot c$, wobei c die molare Konzentration des gelösten Stoffes B ist. Der Biologe, der sich besonders mit dem Mechanismus der Permeation beschäftigt, muß den osmotischen Druck bei komplizierteren Vorgängen untersuchen. Aus Abschnitt 1.1 ging klar hervor, daß die Permeation von Substanzen, die sich in den Membranen lösen, ein besseres Modell für biologische Membranen darstellt als das Modell eines Molekularsiebes, das nach Größe und Ladung trennt; allerdings wurde die Permeation weniger gut untersucht. Experimentelle und theoretische Studien ließen die Biologen verstehen, was geschieht, wenn die Membran nicht wirklich semipermeabel ist und B, wenn auch langsam verglichen mit A, durchtreten läßt. In solchen Fällen kann der auftretende osmotische Druck π' als diejenige Druckdifferenz definiert werden, die auf die Membran ausgeübt werden muß, um einen Stofftransport durch die Membran zu verhindern. Die weite Anwendbarkeit künstlicher Membranen für die Technik (z. B. Cellulosederivate mit Austauschergruppen im Falle der Ionenaustauscher) hatte zur Folge, daß Molekularsiebe biophysikalisch gut untersucht worden sind. Die Ergebnisse dieser Untersuchungen waren für den Biologen oft enttäuschend, da ihnen der direkte Bezug zur Biologie fehlte; einige brauchbare, allgemeine Prinzipien konnten jedoch übernommen werden.

Wir wollen zunächst mit einem grundlegenden Gegensatz zwischen Molekularsieben und biologischen Membranen beginnen: in einem Osmometer mit einer semipermeablen Membran kann ein stabiles Gleichgewicht errichtet werden, wenn die hydrostatische Druckdifferenz p auf die Membran ausgeübt wird. Es gilt $p = RT\Delta c$. Bei einer Membran hingegen, die für den gelösten Stoff permeabel ist, entsteht das einzig mögliche Gleichgewicht (zum Zeitpunkt «unendlich»), wenn $p = O$ ist. Dann ist der gelöste Stoff so lange durch die Membran durchdiffundiert, bis $\Delta c = O$ ist, so daß die osmotische Differenz verschwindet. Nun können momentane Werte von π' mit Hilfe des Osmometers in gewissen Zeitabständen bestimmt werden. Die π'-Werte nehmen in Abhängigkeit von der Zeit ab. Selbst wenn auf den Zeitpunkt 0 zurückextrapoliert wird, liegen sie alle niedriger als der theoretische Wert, der aus der van't Hoffschen Gleichung zu erwarten wäre. Wenn eine Reihe chemisch homologer Polymere von unterschiedlichem Molekulargewicht bei konstantem Δc an derselben Membran verglichen werden, so zeigt sich, daß π'/π mit der Molekulargröße abnimmt. Das Verhältnis von π'/π ist maximal 1 bei einem Polymer, das die Membran nicht durchdringen kann (für das die Membran also semipermeabel ist). π'/π wird der Reflexionskoeffizient σ genannt. Er wurde für eine Reihe biologisch interessanter Moleküle bestimmt, und zwar sowohl für künstliche als auch für zelluläre Membranen. Bei letzteren ist allerdings vorauszusetzen, daß nur der passive Transport durch die Membran berücksichtigt wurde.

Diese Beobachtungen können mit einer einfachen kinetischen Methode auch qualitativ beschrieben werden. Wenn eine impermeable, bewegliche Membran die Lösung (auf der ″-Seite) vom Lösungsmittel (auf der ′-Seite) trennt, so gleicht sich der hydrostatische Druck auf die Membran aus. Es ergibt sich die Gleichung

$$\chi''_A + \chi_B'' = \chi'_A$$

wobei A das Lösungsmittel und B der gelöste Stoff ist und χ für den Druck steht, der durch die Moleküle hervorgerufen wird, wenn sie auf die Membran prallen. Die Druckdifferenz, die sich somit aus dem Aufprall der Moleküle des Lösungsmittels ergibt ($\chi'_A - \chi''_A$), ist gleich groß wie der Druck, der durch den Aufprall der Moleküle des gelösten Stoffes entsteht:

$$\chi'_A - \chi''_A = \chi''_B \qquad 1.5$$

Wenn die Membran nun plötzlich semipermeabel gemacht wird, ist dieser Druckunterschied, der durch den Aufprall der Lösungsmittelmoleküle verursacht wird, nicht mehr ausgeglichen. Die linke Seite der Gleichung 1.5 wird damit zu dem Druck, der zu einem osmotischen Fluß führt, und eben dieser Druck muß aufgewendet werden, um den Fluß zu verhindern. $\chi'_A - \chi''_A$ wird proportional zu dem Druck, der durch die Moleküle des Lösungsmittels hervorgerufen wird. Wird die Membran plötzlich auch noch für B durchlässig gemacht, so drückt die linke Seite der Gleichung 1.5 nicht mehr den Druck aus, der zum osmotischen Fluß führt. Wenn (1–σ) als derjenige Anteil gelöster Moleküle definiert wird, die zum angenommenen Zeitpunkt zufällig die Richtung und Annäherungsgeschwindigkeit haben, um durch das Molekularsieb durchtreten zu können, so gilt Gleichung 1.6:

$$\chi'_A - \chi''_A - (1 - \sigma)\,\chi''_B = \sigma\chi''_B \qquad 1.6$$

Hier drückt dann die linke Seite wieder den Druck aus, der zum osmotischen Fluß führt; die rechte Seite entspricht dem Anteil an gelösten Molekülen, die von der Membran reflektiert werden. Darum ist in diesem Augenblick der Druck π', der aufgewendet werden muß, um den Fluß zu stoppen, proportional zu $\sigma\chi''_B$. Das Verhältnis π'/π entspricht dann σ, dem Reflexionskoeffizienten. Der Leser sollte nun aus diesen Ausführungen, in denen ein Molekularsieb als Beispiel benutzt wurde, nicht schließen, daß in der Membran feste, unveränderliche Poren vorhanden sind: Teile der in der Membran vernetzten, polymeren Moleküle sind ebenfalls thermischen Bewegungen unterworfen, und man sollte sich die Permeation von Lösungsmittel oder gelöstem Stoff so vorstellen, als würde sie durch mobile Poren hindurch stattfinden.

Schließlich soll nun noch der Fluß des gelösten Stoffes bei der Osmose dem bei freier Diffusion gegenübergestellt werden. Obwohl beide von zufälliger, thermischer Bewegung abhängen, sind die Charakteristika dieser Stoffflüsse doch verschieden: während bei der freien Diffusion Lösungsmittel und gelöster Stoff die Plätze zufällig tauschen, ist der Lösungsmittelfluß bei der Osmose gerichtet (mit nur geringer thermischer Bewegung). Der Fluß von A (in Abwesenheit von B) durch eine gegebene Membran kann zum einen von der hydrostatischen Druckdifferenz P hervorgerufen werden. Wird dieselbe Membran in einem Osmometer verwendet, kann der Fluß von A bei Anwesenheit von B aber auch durch den osmotischen Druck π verursacht werden. Erst kürzlich wurde gezeigt, daß der Fluß von A in beiden Fällen gleich groß ist, so daß der osmotische Druck π der Druckdifferenz p gleichzusetzen ist.

1.3 Permeabilität

Lange Zeit wurden die Eigenschaften der Membranphase nicht wie in Abschnitt 1.1 beschrieben erforscht, sondern es wurden die Permeationsgeschwindigkeiten von (meist nicht natürlichen) Molekülen, die dem Stoffwechsel nicht unterworfen sind, gemessen. Diese Moleküle stellte man sich insofern als Sonden der Membranstruktur vor, als Wechselbeziehungen zwischen ihren physikalischen Eigenschaften und ihren Permeationsgeschwindigkeiten gesucht wurden, so daß die Hypothesen, die über die Membranstruktur aufgestellt wurden, teilweise darauf abzielten, diese Beziehungen zu erklären. Bevor wir nun einige Befunde zusammenfassen wollen, soll die bei diesen Studien üblicherweise verwendete Terminologie besprochen werden, um für das Verständnis der Originalliteratur eine Hilfe zu geben.

Das Wort Flux wird verwendet, um die Menge eines Stoffflusses anzugeben. Untersucht z. B. ein Physikochemiker die Diffusion entlang eines kontinuierlichen, eindimensionalen Konzentrationsgefälles, das mit physikalischen Methoden meßbar ist, so gibt der Flux J diejenige Menge an Substanz an, die durch die Einheit der Fläche fließt (Abb. 1.3). Wird eine Ebene der Ausdehnung A betrachtet, so wird $J = 1/A\ (dm/dt)$, wobei m normalerweise in Mol angegeben wird (siehe Gleichung 1.1). Wenn der Stofffluß durch die Membran durch Diffusion verursacht wird und diese dem Fickschen Gesetz gehorcht, so können dieselben Gleichungen auf den Flux durch diese ebene Membran angewendet werden, wobei die Membran gut durchmischte Kompartimente voneinander trennt. Allerdings befindet sich das Konzentrationsgefälle nun innerhalb der Membran und ist meist einer Messung entzogen. Der Konzentrationsunterschied Δc kann aber gemessen werden, und das Ficksche Gesetz wird zu $J \propto \Delta c$*. Wird eine Be-

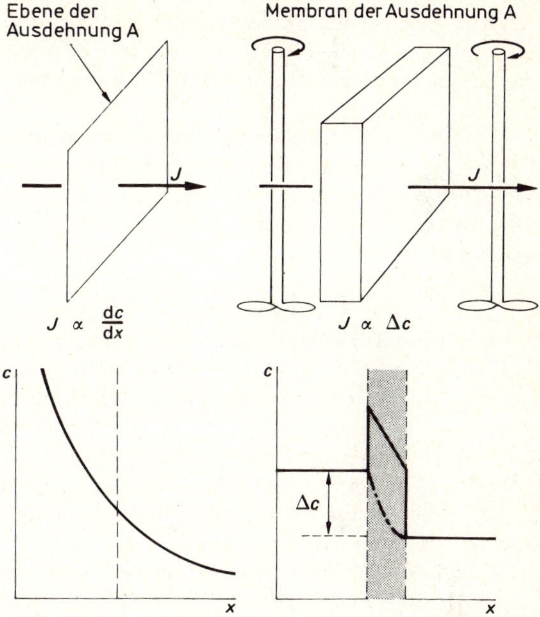

Abb. 1.3: Der Unterschied zwischen Diffusion in freier Lösung (links) und Diffusion durch eine Membran (rechts) zwischen zwei gut durchmischten Kompartimenten. In den entsprechenden Kurven ist die Konzentration c gegen die Entfernung x abgetragen. Die Kurve für die Membran zeigt zwei verschiedene, hypothetische Konzentrationsprofile

ziehung dieser Art gefunden, so schließt die vollständige Gleichung für J einen Permeabilitätskoeffizienten mit ein (dieser wird manchmal als Konstante bezeichnet). Es gibt viele verschiedene Definitionen solcher Koeffizienten, da sie sich nach dem experimentellen Zusammenhang und nach den Maßeinheiten richten; die Umformung der Einheiten für die Permeabilität der ge-

* $\propto$ bedeutet direkt proportional (entspricht im Dt. $\sim$).

lösten Stoffe wurde von Stein zusammengefaßt. Der Fluß biologischer Substanzen wird oft als Flux ausgedrückt, aber normalerweise kann die in Frage kommende Fläche nicht gemessen werden. Darum wird der Flux auf das Gewicht von Zellen oder andere ähnliche Einheiten bezogen. Bei konstanten experimentellen Bedingungen kann angenommen werden, daß sich die Fläche proportional zur gemessenen Größe verhält; aber es wäre unklug anzunehmen, daß ein gleicher Flux unter unterschiedlichen physiologischen Bedingungen auf eine gleiche Fläche zurückzuführen ist.

Nehmen wir für unsere Zwecke an, daß c_a die Konzentration auf der Außenseite, c_i die Konzentration auf der Innenseite und P der Permeabilitätskoeffizient für einen gelösten Stoff ist, so wird sein Netto-Flux J von außen nach innen durch Gleichung 1.7 wiedergegeben:

$$J = P\,(c_a - c_i) \qquad 1.7$$

Der Leser kann einmal die Dimension von P überprüfen, wenn die von J Masse/Länge^2 × Zeit ist. Obwohl eine Diffusion entlang eines Konzentrationsgefälles vorausgesetzt wird, wenn ein biologisches System der Gleichung 1.7 folgt, so ist der Gradient für eine Messung doch unzugänglich. Ebensowenig kann auf die Art des Konzentrationsprofiles geschlossen werden, da Gründe zu der Annahme bestehen, daß die Membran nicht nach allen Richtungen dieselben molekularen Eigenschaften besitzt.

Biologen sprechen und schreiben oft etwas leichtfertig über Konzentrationsgefälle, wenn alles, was sie messen können, Konzentrationsunterschiede sind. Die treibende Kraft ist der Konzentrationsunterschied zwischen zwei gut durchgemischten Kompartimenten. Bei Untersuchungen an Einzelzellen, an ebenen Flächen oder Röhrchen, die aus mehreren Zellschichten bestehen, kann das äußere Kompartiment mechanisch durchgemischt werden, und oft muß dies auch geschehen, um eine ausreichende Sauerstoffversorgung zu gewährleisten. Das Zellinnere wird durch die Diffusion durchmischt, wozu noch die aktive Bewegung sich replizierender DNA (in Bakterien), die von Ribosomen und wahrscheinlich auch die von Mitochondrien kommt. Wir wissen aus Experimenten, daß in manchen Fällen die Bewegung dieser Zellbestandteile nicht ausreicht, um zu verhindern, daß sich dennoch bedeutende undurchmischte Räume bilden, die der Membran anliegen. Die Diffusion eines gelösten Stoffes durch einen nicht durchmischten Raum wirkt sich auf den Permeabilitätskoeffizienten aus, der auf Grund des überall vorherrschenden Konzentrationsgefälles errechnet wurde. Anders ausgedrückt ist der wirkliche Konzentrationsunterschied über die Membran geringer als der, der benutzt wird, um P zu errechnen. Es entsteht daher das wichtige technische Problem, die Auswirkung undurchmischter Räume so zu verringern, daß sie zu vernachlässigen sind, oder Mittel zu ersinnen, um sie zu korrigieren.

Die Messung der Permeation braucht nicht auf gelöste Stoffe beschränkt zu werden. Es kann auch die Permeabilität von Wasser gemessen werden, und zwar entweder, indem das Verhalten eines markierten Stoffes (D_2O oder THO) nach seiner Zugabe zu einer Seite des Systems gemessen wird, oder indem ein osmotisches Gefälle aufgebaut wird, das einen Fluß von Wasser zur Folge hat. Einige Worte der Warnung über die Bedeutung von Ergebnissen aus Permeationsversuchen mit Wasser sind notwendig: es konnte gezeigt werden, daß die Permeation von Wasser und die von gelösten Stoffen voneinander abhängig sind, wie schon aus der Abhandlung über Osmose und Diffusion im vorigen Abschnitt ersichtlich war. Um mit dieser gegenseitigen Abhängigkeit fertig zu werden, wurden Parameter für die Permeation eingeführt, denen die Thermodynamik irreversibler Prozesse zugrunde liegen. Der einzige dieser Parameter, den wir für die in diesem Buch ausgewählten biologischen Beispiele benötigen, ist der Reflexionskoeffizient σ, der im vorhergehenden Abschnitt eingeführt wurde.

Eine Reihe von Nicht-Elektrolyten, die keinem Stoffwechsel unterworfen sind, wurden oft für Untersuchungen der Permeabilität verwendet. Einige Beispiele sind Harnstoff, Alkylharnstoffverbindungen, Propionamid, Trimethylcitrat und Äthylenglykol. In der Arbeit, die in diesem Abschnitt besprochen wird, folgt die Permeation durch die Membran dem Fickschen Gesetz, und man darf annehmen, daß nach Erreichen des Gleichgewichtes die Konzentration des durchdringenden Stoffes auf beiden Seiten der Membran gleich ist. Der Verteilungskoeffizient der Substanz zwischen einer apolaren Flüssigkeit (Olivenöl oder Äther) und Wasser dient als Parameter für den polaren oder apolaren Charakter des Probemoleküls, und das Molekulargewicht M stellt oft einen ausreichenden Parameter für die Größe des Moleküls dar. Die Riesenalgen Chara und Nitella sind häufig für Untersuchungen der Permeabilität verwendet worden, da sie experimentell gut zu handhaben sind. Die folgende Beziehung – sie stammt aus Collanders klassischen, systematischen Untersuchungen über die Permeabilität bei Chara – wird oft aufgestellt: dabei wird $PM^{1/2}$ (der Permeabilitätskoeffizient, der für den zu erwartenden Einfluß der Molekülgröße auf die Diffusion korrigiert wurde) logarithmisch gegen den ebenfalls logarithmischen Verteilungskoeffizienten Olivenöl/Wasser aufgetragen. Die Punkte liegen ziemlich gestreut, sie sind für Wasser teilweise anomal. Aber die grundlegende Linearität weist auf die wichtige Beziehung zwischen der Löslichkeit in einer größtenteils flüssigen Phase und der Permeation durch eine Membran hin. Stein untersuchte diese Ergebnisse weiter. Er trug den Logarithmus von $PM^{1/2}$ gegen N auf (N ist die Anzahl der H-Brücken, die das Probemolekül mit Wasser eingeht). Der Logarithmus von $PM^{1/2}$ nimmt linear ab, wenn N von 2–8 H-Brücken/Molekül zunimmt. Diese Beziehung, bei der die Streuung geringer ist als bei Collander, zeigt, daß die Menge an eindringenden Probemolekülen von der Energie abhängt, die erforderlich ist, um alle oder einen konstanten Anteil der H-Brücken zwischen Probemolekül und Wasser zu lösen. Leider entgeht uns gegenwärtig die volle Bedeutung dieser Tatsache. Wir können nicht sagen, ob der Schritt, der die Durchflußmenge bestimmt, die Diffusion durch das Membraninnere ist oder ob der Eintritt von Wasser in die Membran begrenzend wirkt. Im ersten Fall wäre die Konzentration des Stoffes genau an der Membrangrenze die Gleichgewichtskonzentration, die sich aus dem Verteilungskoeffizienten vorhersagen läßt, während im anderen Fall die Durchflußmenge wohl hauptsächlich von den Kräften zwischen gelöstem Stoff und Wasser abhängen würde, von denen dann auch wieder der Verteilungskoeffizient abhängt.

Die Möglichkeit, daß diese Beziehungen bei Algen von allgemeiner Bedeutung sind, konnte auffallend bestätigt werden. Diese bei Algen gefundenen Ergebnisse wurden mit den Permeationsverhältnissen in der Gallenblase von Ratten verglichen (Wright und Diamond). Eine völlig andere Methode wurde angewandt, und zwar wurden Strömungspotentiale sehr rasch nacheinander gemessen. Damit konnte σ für eine große Anzahl von Verbindungen bei einer einzigen Präperation bestimmt werden. Die σ-Werte für 52 Verbindungen bei Gallenblasen (Abb. 1.4) nehmen langsam von 1 bis 0 ab, wobei es nur zwei Ausnahmen gibt, während bei Nitella die Permeabilität für dieselben Verbindungen zunimmt. Abb. 1.5 zeigt eine ähnliche Beziehung zwischen den σ-Werten der Gallenblase und dem durch $M^{1/2}$ geteilten Verteilungskoeffizienten von Äther/Wasser. Zusammen mit Abb. 1.4 weist dies auf eine ähnliche Abhängigkeit von P und σ von der Molekülgröße hin. Das Modell für die Selektivität bei

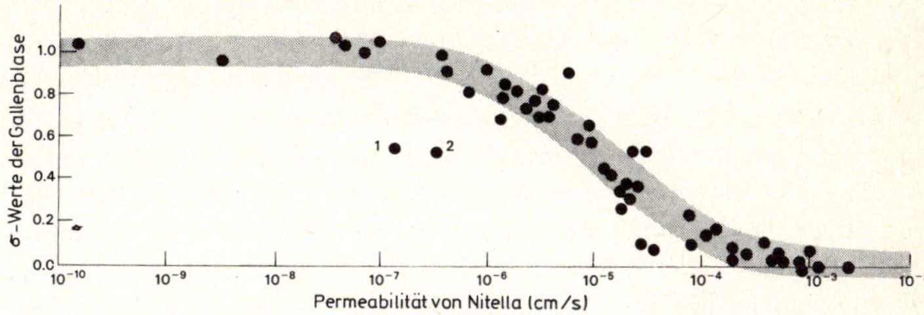

Abb. 1.4: σ-Werte der Gallenblase gegen die Permeabilität von Nitella für dieselben Verbindungen. Die abweichenden Punkte sind 1. Harnstoff und 2. Methyl-Harnstoff. Mit freundlicher Erlaubnis von Dr. J. M. Diamond und Annual Reviews Inc. (siehe Literatur)

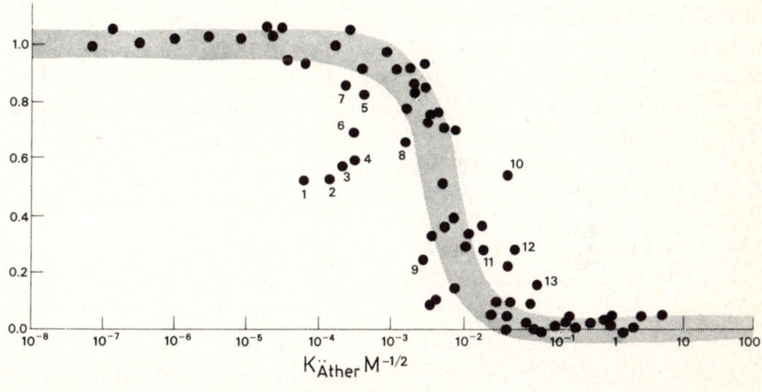

Abb. 1.5: σ-Werte der Gallenblase gegen den Äther/Wasser-Verteilungskoeffizienten K, der auf seine Abhängigkeit vom Molekulargewicht M korrigiert wurde. Mit freundlicher Erlaubnis nach Dr. J. M. Diamond und Annual Reviews Inc. (siehe Literatur)

Nicht-Elektrolyten ähnelt sich daher bei zwei verschiedenen biologischen Systemen in ermutigender Weise.

Die Permeabilität biologischer Membranen für Wasser ist typischerweise zwei oder drei Größenordnungen höher als für kleine Nicht-Elektrolyte wie Glycerin oder Harnstoff. Betrachtet man hingegen die Menge an Wasser, die in wäßriger Lösung diffundiert, so scheint es gerechtfertigt, biologische Membranen weiterhin als sehr wirksame, wasserdichte Schichten zu betrachten.

Die Permeabilität biologischer Membranen für Wasser und einige sehr kleine, hydrophile Verbindungen ist mit großer Sorgfalt bestimmt worden. Aus verschiedenen Gründen (die zu komplex sind, um hier abgehandelt zu werden) rechtfertigen die Ergebnisse weiterhin die Ansicht, daß diese Moleküle zusätzlich zur Permeation durch die Lipiddoppelschicht auch durch sehr kleine, wassergefüllte Poren wandern. Jedoch muß nachdrücklich betont werden, daß eine Interpretation in Richtung Poren nicht die einzige Schlußfolgerung aus den Versuchsergebnissen darstellen muß. In der Tat bleibt der theoretische Hintergrund noch zu klären, und einige andere Hypothesen, die mehr mit dem im Zusammenhang stehen, was wir über die dynamische Natur der Zellmembran wissen, können diese Ergebnisse ebenfalls erklären.

Literatur

Jamieson, G. A. and Greenwalt, T. J. (eds.) (1969), The red cell membrane. Lippincott, USA.
Kongreßbericht. Enthält Kapitel von R. S. Weinstein über Elektronenmikroskopie unter Anwendung der «Gefrierätz-Technik» und eine Abhandlung von D. J. Hanahan über die Zusammensetzung von Membranen.

Siekevitz, P. (1972), Ann. Rev. Physiol. 34, 117. Ein kurzer, anregender Überblick mit dem Titel «Biological membranes: the dynamics of their organization.»

Einstein, A. (1908, reprint 1956), Investigations of the theory of the Brownian motion. Dover, USA 68–85. Eine gut lesbare Abhandlung über die Diffusion.

Stein, W. D. (1967), The movement of molecules across cell membranes. Academic Press, New York. Eine neuartige, zusammenfassende Beschreibung des biologischen Transports. Kapitel 2 und 3 handeln von Diffusion und Permeabilität.

Daimond, J. and Wright, E. M. (1969), Ann. Rev. Physiol. 31, 581. Eine umfassende Abhandlung über die Selektivität biologischer Membranen für Elektrolyten (siehe Abschnitt 3.4 in diesem Buch) und für Nicht-Elektrolyten.

Kedem, O. and Katchalsky, A. (1958), Biochim. Biophys. Acta. 27, 229. Der wegbereitende Bericht über die Anwendung der Methoden der «irreversiblen Thermodynamik» auf dem Membrantransport.

2 Experimente werfen Probleme auf

2.1 Passiver Transport

Die Probemoleküle, von denen wir im vorigen Abschnitt im Zusammenhang mit Permeationsexperimenten gesprochen haben, drangen in die Zelle ein, indem sie der Fickschen Diffusion gehorchten: beinahe alle diese Moleküle waren keine natürlichen Verbindungen. Dieser Abschnitt behandelt nun die große Klasse von Probemolekülen, die natürliche Verbindungen oder sehr nahe Verwandte von natürlichen Verbindungen sind und deren Permeation vom Fickschen Gesetz abweicht. Dies geschieht normalerweise bei Experimenten, bei denen die Verbindungen keinem Stoffwechsel unterworfen sind. Diese Substanzen besitzen jedoch ein Merkmal, in dem sie mit den in Abschnitt 1.3 behandelten übereinstimmen: wenn sich zwischen eindringendem Stoff und den Zellen ein Gleichgewicht eingestellt hat, sind die Stoffkonzentrationen auf der Innen- und Außenseite gleich. Obwohl das Ficksche Gesetz von diesen Verbindungen oft nicht befolgt wird, muß ihre Permeation also doch irgendwie von der externen und internen Konzentration der Stoffe abhängen. Sind diese Konzentrationen gleich, sinkt die Permeation auf Null ab. Offensichtlich fehlt den Zellen ein Mechanismus, um diese Substanzen in Konzentrationen anzureichern, die größer sind als die der Umgebung. Auf Grund dieser Tatsache wird der Transport beider Gruppen von Molekülen als *passiv* bezeichnet, gleichgültig, ob er das Ficksche Gesetz befolgt oder nicht. Damit soll ausgedrückt werden, daß die Energie für den Transport nur eine Funktion des Konzentrationsgradienten ist, und daß keinerlei Zusammenhang mit dem Stoffwechsel erforderlich ist (vergleiche Abschnitt 3.2). Es gibt Beweise, daß einige Verbindungen, die in der Zelle umgebaut werden, ebenso passiv transportiert werden (z. B. Glucose in Erythrocyten), aber das eigentliche Merkmal eines Konzentrationsgleichgewichtes im Gleichgewichtszustand ist hier nicht vorhanden.

Das Eindringen von Zuckern in rote Blutkörperchen wurde ausführlich beschrieben [24]. Viele Experimente wurden mit ziemlich indirekten Methoden durchgeführt. Das Prinzip war, daß die Zucker beim Eintritt in die Zelle den wirksamen, osmotischen Druck der Inhaltsstoffe erhöhen und daß als Folge davon Wasser in die Zelle eindringt und diese anschwillt. Die Lichtstreuung einer Zellsuspension reagiert empfindlich auf das Zellvolumen (sie nimmt ab, wenn die Zelle anschwillt und wenn alle anderen Faktoren konstant gehalten werden), so daß zunächst einmal die relativen Mengen an eindringenden Zuckern bei verschiedenen Konzentrationen berechnet werden konnten. Diese Meßmethode kann geeicht werden, so daß absolute Fluxe ermittelt werden können. Genauere Erkenntnisse, die über radioaktiv markierte Zucker erhalten worden waren, bestätigen das Bild, das sich aus der Lichtstreuungsmethode ergab.

Das Auftragen der reziproken Menge J an Zuckern, die in vorher gewaschene Erythrocyten eindringt, gegen die reziproken Werte der Zuckerkonzentrationen [S] im Medium, ergibt eine Gerade. Das zeigt, daß das Eindringen der Zucker eher einer Michaelis-Menten-Kinetik folgt (Gleichung 2.1) als dem Fickschen Gesetz.

$$J = \frac{[S]\, V_{max}}{K_m + [S]} \qquad 2.1$$

Tabelle 2.1 zeigt einige Werte (bei 37° C) der Michaelis-Konstanten K_m und der maximalen Geschwindigkeit V_{max} (pro Liter Zellen); sie sind einer umfassenden Zusammenstellung von Stein entnommen. Diese Befunde weisen darauf hin, daß die Permeation von Zucker von der Anwesenheit saturierbarer Eindringungsmechanismen abhängt, die in einigen Merkmalen an Enzyme erinnern. Wenn wir ohne ein detailliertes Wissen über den Mechanismus, den üblichen Warnungen [11] Rechnung tragend, K_m als einen Hinweis auf die Affinität des Transportmechanismus für Zucker ansehen, so zeigt die Tabelle eine viel größere Variation bei der Affinität als bei der Geschwindigkeit, als ob derselbe Eindringmechanismus für verschiedene Zucker dienen würde. Diese

Tab. 2.1. K_m- und V_{max}-Werte für den Zuckertransport in menschlichen Erythrocyten. 37° C

Zucker	K_m(mM)	V_{max}(mM min^{-1})
Glucose	4,0	328
Galactose	39, 61	710
Mannose	13	350
Xylose	50, 71	650
Ribose	2500	770
L-Arabinose	220, 250	710

Ansicht wird durch Konkurrenzuntersuchungen an zwei Zuckern bekräftigt, die zeigen, daß das Eindringen gegenseitig gehemmt wird. In einigen Fällen, die quantitativ untersucht wurden, konnte gezeigt werden, daß die Hemmkonstante K_i (definiert in Gleichung 2.2, wobei [I] die Konzentration des hemmenden Zuckers ist) annähernd dem K_m-Wert desselben Zuckers entspricht. K_m wurde durch Transportmessungen ermittelt.

$$J = \frac{[S]\,V_{max}}{(1 + [I]/K_i)K_m + [S]} \qquad 2.2$$

Das Glucosid Phlorizin (Abb. 2.1), ein kompetetiver Hemmstoff für eine Reihe von Enzymen mit Kohlenwasserstoffsubstraten, ist ein kompetetiver Hemmstoff des Zuckertransportes. Interessanterweise ist sein Aglykon, Phloretin, ein viel stärkerer

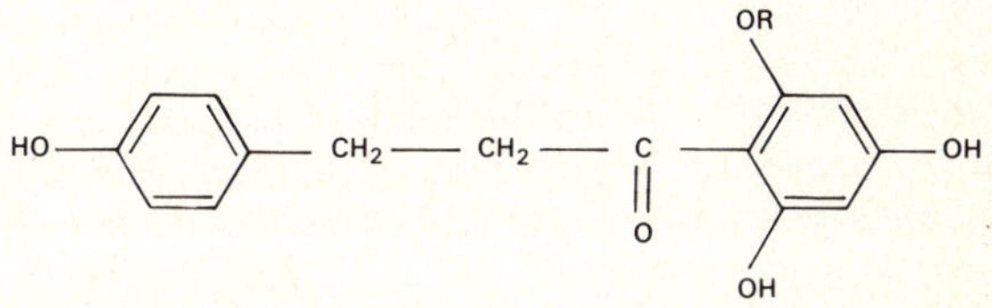

Abb. 2.1: Phlorizin R = $C_6H_{11}O_5$; Phloretin R = H; Phlorizin ist ein Glykosid, Phloretin sein Aglykon

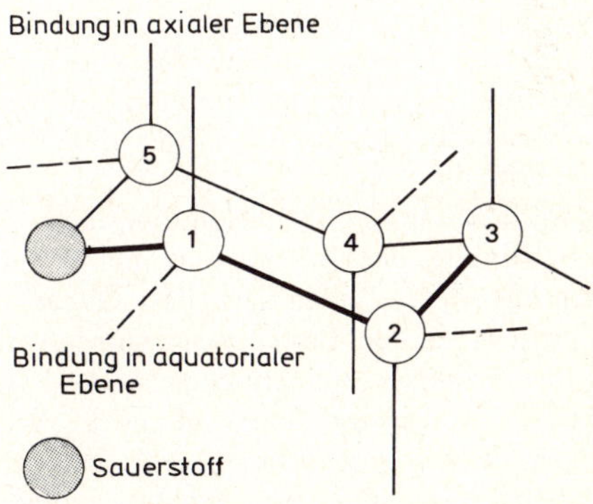

Abb. 2.2: Die Sesselform, die von den Transportstellen in roten Blutkörperchen bevorzugt wird. Bei Glucose liegen alle Hydroxylgruppen in äquatorialer Ebene

Hemmer, und einige verwandte Verbindungen mit Alkyl-Substituenten sind noch stärkere Inhibitoren. Daraus könnte man schließen, daß eine apolare Region mit Affinität zu Phloretin Teilen der Transportstellen oder den Transportstellen selbst benachbart ist, die mit den Zuckern in Verbindung treten.

Das Zuckertransportsystem ist offensichtlich ziemlich unspezifisch; es kann mit dem für Hexokinasen verglichen werden. LeFevre hat überzeugend bewiesen, daß das Transportsystem diejenigen Zucker bevorzugt, die vorwiegend Hydroxylgruppen in der äquatorialen Ebene besitzen und ebenso die stabilere Konformation der Abb. 2.2 haben und nicht die andere Sesselform (bei der der Sauerstoff nach oben gebogen ist und, um den Sessel wiederherzustellen, das dritte C-Atom nach unten).

Eine Reihe von Reagentien mit SH-Gruppen sind hochwirksame, nicht-kompetetive Hemmer des Zuckertransportes: sie können aus den roten Blutkörperchen durch hohe Zuckerkonzentrationen nicht verdrängt werden, sondern nur, indem die Konzentration eines anderen Thiolstoffes im Medium erhöht wird. Die vielen SH-Gruppen auf der Zelloberfläche unterscheiden sich in ihrer Reaktivität; z. B. reagieren bei niederer Konzentration von p-Chlormercurobenzoylsulfonat, das den Zuckertransport hemmt, nur 0,6 % der SH-Gruppen der Erythrocyten. Dies führt zu einer Maximalschätzung von 7×10^5 Bindungsstellen pro Zelle, was mit einer Schätzung von 2×10^5 Bindungsstellen für ^{14}C-Glucose (bei niederen Konzentrationen im Medium) bei Erythrocyten-ghosts verglichen werden kann. Werden die Konzentrationen dieser Bindungsstellen auf der Basis des gesamten Zellvolumens ausgedrückt, so kommt man in mikromolare Größenordnungen, was hoch ist, verglichen mit den Konzentrationsbereichen einiger Enzyme.

Rosenberg und Wilbrandt [33] schenkten einer sehr bezeichnenden Folgeerscheinung der Konkurrenz beim Zuckertransport Beachtung, nämlich dem Phänomen des *Gegenstroms* (counterflow). Bei einem typischen Experiment wurden die Zellen zunächst mit einem markierten, keinem Stoffwechsel unterworfenen Zucker bei niederen Konzentrationen behandelt. Wenn dem Medium ein anderer Zucker zugegeben wurde, der nicht markiert und dessen Konzentration höher war, so drang dieser in die Zelle ein. Aber gleichzeitig trat etwas von dem markierten Zucker aus der Zelle aus, d. h. er bewegte sich gegen sein Konzentrationsgefälle. Dieser momentane Konzentrationsunterschied nahm ab, bis die Konzentration an markiertem Zucker innen und außen wieder gleich war. Abb. 2.3 zeigt ein solches Resultat, wobei die Darstellung eines Kontrollexperimentes mit einbezogen ist, bei dem die gleiche Menge eines Puffers (entsprechend der Menge an unmarkiertem Zucker im 1. Versuch) zugegeben wurde. Es zeigt sich klar, daß das Resultat keine Folge der unvermeidbaren Verdünnung des markierten Zuckers im Medium ist. Dieses Ergebnis besagt, daß der Influx eines Zuckers den damit gekoppelten Austritt seines Konkurrenten verstärkt, d. h. die Ein- und Ausdringmechanismen sind miteinander verknüpft. Eine entsprechende Beobachtung ist, daß bestimmte kompetetive Inhibitoren des Influx, die selbst nicht eindringen können, in ähnlicher Weise den Austritt eines markierten Zuckers hemmen.

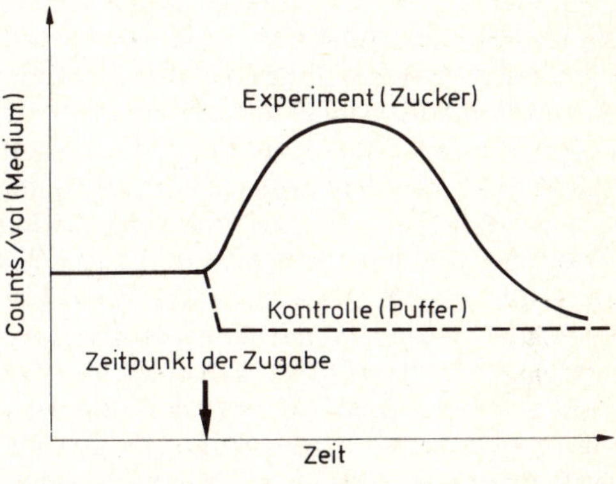

Abb. 2.3: Gegenflußexperiment. Unmarkierter Zucker oder Puffer bei der Kontrolle wurde zum angegebenen Zeitpunkt zugegeben

Diese Ergebnisse deuten stark darauf hin, daß die Transportstellen mobil sind, obwohl sie es nicht schlüssig beweisen. Damit hätten die Transportstellen Zugang zur Innenseite der Membran, wo Zucker um sie konkurrieren können. Dieses Modell wird in Abschnitt 3.1 näher besprochen.

Experimente mit Zuckern wurden ausgewählt, weil sich an ihnen das Phänomen des passiven Transportes gut zeigen läßt. Andere Nicht-Elektrolyte, z. B. Aminosäuren, werden in ähnlicher

Weise in roten Blutkörperchen transportiert, und passive Transportsysteme mit ähnlichen Merkmalen wurden in einer Reihe von Zellen und Geweben gefunden.

2.2 Aktiver Transport

Die meisten biologischen Transportsysteme, die untersucht wurden, unterscheiden sich von den im vorigen Abschnitt beschriebenen in einem wichtigen Punkt: sie können die Konzentration auf einer Seite des Systems erhöhen. Glucose, eine überall vorhandene Kohlenstoffquelle für das Wachstum und den Stoffwechsel der Zelle, ist eine sehr wichtige Substanz, die dem Organismus erhalten werden muß. Es ist seit langem bekannt, daß bei Tieren, die Nieren besitzen, das Glomerulusfiltrat Glucose in ungefähr derselben Konzentration wie im Plasma enthält, wohingegen im Urin selten Glucose enthalten ist. Allein aus dieser Tatsache läßt sich schließen, daß die Glucose gegen den überall vorhandenen Konzentrationsunterschied wieder aufgenommen werden muß. In der Tat zeigten Experimente mit Mikropunkturen am Nephron von Amphibien, daß die Glucosekonzentration, gegen Ende des proximalen Tubulus auf Null zurückgeht. Zahlreiche andere Substanzen werden in der Niere in ähnlicher Weise reabsorbiert. Diese Art eines «konzentrierenden Transportes» ist als *aktiver* Transport bekannt. In der Niere ist eine obere Grenze für die Menge an Glucose gegeben, die reabsorbiert werden kann. Andere Zucker, die zusammen mit Glucose zugegeben werden, werden ebenfalls wieder absorbiert. Dabei ist die Gesamtmenge an absorbierten Zuckern genau so groß wie die maximale Absorptionsmenge von Glucose allein. Dies beweist eine Konkurrenz beim Zuckertransport ähnlich wie die bei Erythrocyten. Die aktive Reabsorption der Glucose wird durch den Inhibitor Phlorizin (siehe Abb. 2.1) vollständig gehemmt. Die weite Bedeutung des aktiven Transportes wird offensichtlich, wenn wir unser physiologisches Wissen flüchtig überdenken. Die Glucoseabsorption im Darm wäre äußerst kostspielig, wenn sie nicht aktiv erfolgen würde; ein passiver Transport würde nämlich erfordern, daß die Glucosekonzentration im Darm ständig größer wäre als im Blutplasma. Der aktive Transport wurde im 19. Jahrhundert *in vivo* demonstriert, als eine Probe des Blutplasmas eines Tieres in eine Darmschlinge desselben Tieres eingebracht und dort absorbiert wurde. 1892 begann Reid [31] mit *in vitro*-Untersuchungen über die Absorption von Wasser. Er zeigte, daß Wasser von einem isolierten Darmstück selbst gegen eine hydrostatische Druckdifferenz aufgenommen werden konnte. Die Untersuchung der Absorption mit isolierten Gewebestücken des Darms dauern bis heute an, und die Beziehungen zwischen dem Stoffwechsel der Mucosa und der aktiven Aufnahme von Aminosäuren und Zukkern aus dem Darm hin zur größeren Konzentration im Blut sind weiterhin von großem Interesse. Bei kurzem Nachdenken lassen sich viele Beispiele für die Bedeutung der aktiven Salzaufnahme bei Wassertieren finden.

Obwohl nahezu alle Beispiele für aktiven Transport an ganzen Geweben die Beachtung des Experimentatoren oft auch aus medizinischem Interesse gefunden haben, besteht kaum ein Zweifel, daß ein tiefgreifendes Verständnis dieser Prozesse eher mit experimentell bequemeren Systemen erlangt wurde, wie z. B. mit einfachen Epithelschichten oder Einzelzellen.

Wenn man E. coli bis zur stationären Phase in einem typischen Minimalmedium wachsen läßt, welches eine geringe Konzentration an K^+ (ca. 10 mM) hat, so ergibt die Analyse [34] der Zellen, nachdem sie auf Filtern gesammelt wurden, daß ihr Gehalt an Na^+ groß und ihr Gehalt an K^+ gering ist verglichen mit dem Medium. Wenn die Zellen wieder in frischem Medium aufgenommen werden, beginnen sie wieder zu wachsen. In einer Zeit, die geringer als die mittlere Generationszeit ist, verlieren die Zellen das Na^+ und nehmen K^+ bis zu einer Konzentration auf, die ungefähr 20mal größer ist als die K^+-Konzentration im Medium. Ähnliche Beobachtungen wurden bei der kühlen Lagerung von Blut für nachfolgende Transfusionen gemacht. Frische Erythrocyten enthalten K^+ in einer Konzentration von ca. 150 mM im Zellwasser, Na^+ in einer Konzentration, die nur etwa ein Zehntel davon beträgt. In kühl gelagerten Erythrocyten erhöht sich die Konzentration an Na^+, die von K^+ wird gesenkt. Werden diese Zellen in einer physiologischen Salzlösung, die Glucose enthält, bei 37° C aufgenommen, so stellt sich innerhalb einer Stunde die ursprüngliche Konzentration wieder ein. Man fand heraus, daß die Verdrängung von drei Na^+-Ionen mit der Aufnahme von ungefähr zwei K^+-Ionen einhergeht, daß ihr Transport von der Anwesenheit von Glucose abhängig ist und daß das Herzglykosid Ouabain (Abb. 2.4) oder sein Aglykon die Aufnahme- und Verdrängungsprozesse vollständig hemmt. Ouabain hemmt die Glykolyse nicht. Allerdings konnte gezeigt werden, daß die Hemmung des Ionentransportes in Erythrocyten durch Herzglykoside ATP einspart. Ein großer Fortschritt bei den Arbeiten mit roten Blutkörperchen wurde erzielt, als entdeckt wurde, daß gewaschene Erythrocyten-ghosts wieder abgedichtet werden konnten, indem sie bei 37° C in einer Salzlösung von physiologischer Osmolarität inkubiert wurden, die auch Mg^{++} und ATP enthielt. Der Anteil anderer organischer Kationen in der Salzlösung konnte vom Experimentator entsprechend eingestellt

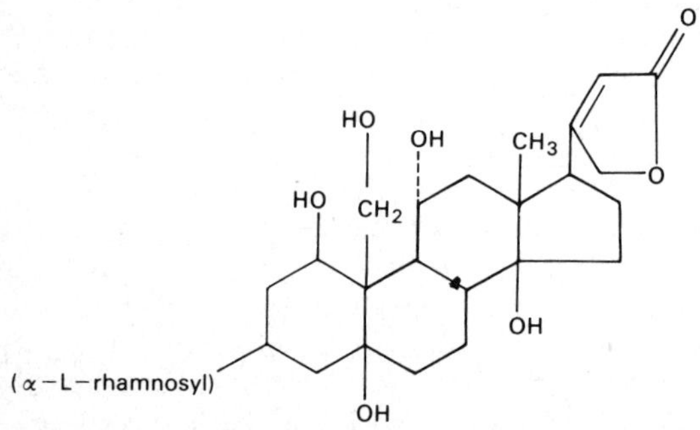

Abb. 2.4: Ouabain (Strophanthin G)

werden. Mit dieser Technik wurde gezeigt, daß die K^+-Aufnahme durch die Erythrocyten-ghosts mit der inneren Na^+-Konzentration zunahm, und daß keine K^+-Aufnahme stattfand, wenn kein Na^+ im Inneren vorhanden war. Es besteht ein lehrreicher Unterschied zwischen diesem Experiment und dem an E. coli; bei E. coli ist keine meßbare Na^+-Konzentration für das Wachstum erforderlich, während K^+ unbedingt notwendig ist und von wachsenden Zellen selbst aus einem Na^+-freien Medium aufgenommen wird.

Es könnte eingewendet werden, daß in den oben beschriebenen Experimenten über den Ionentransport die Bewegung der Kationen eine Art Gegenfluß sei, der sekundär durch die nicht meßbare Wanderung einer anderen Substanz ausgelöst wird. Der klassische Versuch von Ussing und Zerahn über den aktiven Transport in einer Froschhaut beseitigt diesen Einwand, und führt zu einer Definition des aktiven Transports. Wenn ein Stück Froschhaut zwischen zwei Kammern befestigt wird, die eine belüftete Ringer-Lösung enthalten, kann eine Potentialdifferenz zwischen beiden Seiten der Membran gemessen werden. Dazu werden die Salzbrücken zweier Kalomel-Elektroden direkt auf jeder Seite der Membran angebracht. Die Innenseite der Froschhaut ist positiv geladen, und die Potentialdifferenz wird einige Stunden aufrecht erhalten. Wir wissen, daß das Tier mit Hilfe der Haut Salze aus einer Umgebung mit niederer Salzkonzentration aufnehmen kann. Ussing und Zerahn beschlossen deshalb, diese Transportmechanismen unter Bedingungen zu untersuchen, bei denen die normalerweise vorhandene Asymmetrie ausgeschaltet war. Zu diesem Zweck fügten sie der Versuchsanordnung (Abb. 2.5) noch

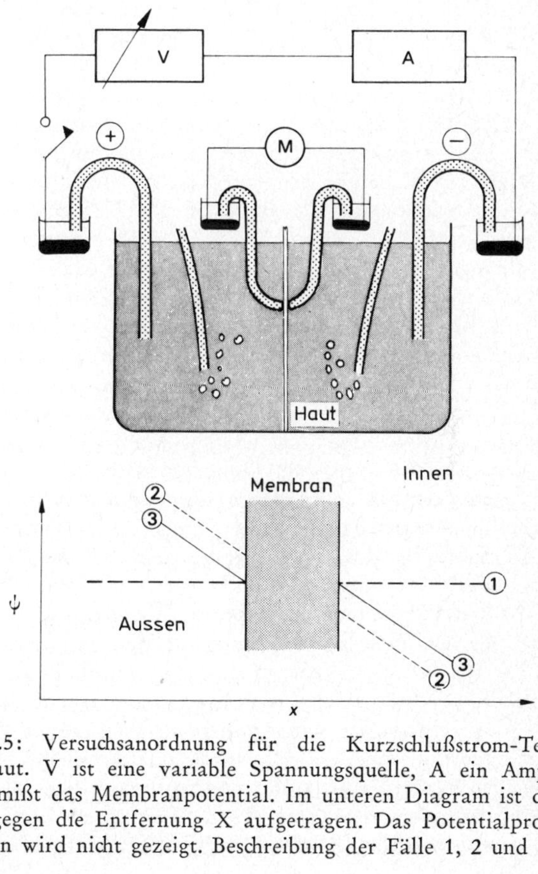

Abb. 2.5: Versuchsanordnung für die Kurzschlußstrom-Technik an Froschhaut. V ist eine variable Spannungsquelle, A ein Amperemeter, und M mißt das Membranpotential. Im unteren Diagram ist das Potential ψ gegen die Entfernung X aufgetragen. Das Potentialprofil in der Membran wird nicht gezeigt. Beschreibung der Fälle 1, 2 und 3 im Text

zwei weitere Elektroden mit einem Potentiometer hinzu. Mit diesem Potentiometer konnten sie an der Froschhaut eine Potentialdifferenz errichten, die der normalerweise an der Haut herrschenden entgegengesetzt war. Der Ringerlösung wurde auf einer der beiden Seiten radioaktiv markierter Stoff zugesetzt. Nun konnte der Netto-Flux an Ionen von außen nach innen gemessen werden, ohne daß eine elektrochemische Potentialdifferenz vorhanden war. Um diese Versuchsanordnung zu verdeutlichen, wurde in Abb. 2.5 auch das vergrößerte Diagramm eines elektrischen Potentials aufgezeichnet, wobei das Potential gegen seinen Abstand von einer dicken Membran in der Ussingschen Apparatur abgetragen ist. Die Fälle 1 und 2 betreffen eine nicht lebende, ionendurchlässige Membran. Das vorgeschaltete Potentiometer ist im Fall 1 ausgeschaltet. Darum besteht hier kein Potentialgefälle (oder elektrisches Feld). Wenn das Potentiometer eingeschaltet wird (Fall 2), wird die Membran einem konstanten elektrischen Feld ausgesetzt; obwohl das Potentialprofil innerhalb der Membran nicht vorhergesagt werden kann, muß die Potentialdifferenz wie dargestellt aussehen. Im Fall 3 besteht die Membran aus Froschhaut, und es wird ein elektrisches Feld angelegt, das so eingestellt ist, daß an der Membran keine Potentialdifferenz auftritt. Weil aber eine Potentialdifferenz in der Lösung vorherrscht, muß ein Strom fließen, und eben aus diesem Grund ist im vorgeschalteten Stromkreis ein Amperemeter eingebaut. Wenn die Anordnung wie im Fall 3 beschrieben eingestellt ist, so nennt man den Strom im äußeren Stromkreis «Kurzschluß-Strom». Die Entdeckung Ussings war, daß der Netto-Flux von Na^+, der sich aus dem Unterschied zwischen dem einseitig gerichteten Influx und Efflux des radioaktiv markierten Na^+ ergab, in elektrische Einheiten umgeformt werden kann und dann innerhalb der Fehlerbreite dem Kurzschluß-Strom entspricht. Weil an der Haut keinerlei Potentialdifferenz herrschte, bedeutet dies, daß der gesamte Strom durch einen biochemischen Mechanismus hervorgerufen worden sein muß, der in der Lage ist, Na^+ zu translocieren und der innerhalb der Membran mit Energie versorgt wird. Als Bestätigung wurde auch entdeckt, daß der gesamte, einseitig gerichtete Flux von Cl^- innerhalb der experimentellen Fehlerbreite gleich groß war. In anderen Experimenten wurde der Netto-Influx von Na^+ zwischen einer zehnfach verdünnten Ringer-Lösung auf der Außenseite und einer normalen Ringer-Lösung auf der Innenseite untersucht. Unter diesen Bedingungen war die Innenseite der Haut gegenüber der Außenseite positiv geladen. Nach Zugabe von Dinitrophenol kehrte sich der Na^+-Fluß um, und die Haut verhielt sich wie eine nicht-biologische Membran. Ergebnisse wie dieses stimmen mit einer weitgehend akzeptierten Definition [32] des aktiven Transports überein, wobei dieser als Netto-Fluß einer Substanz gegen einen elektrochemischen Gradienten angesehen wird. Der Biochemiker mag jedoch noch mehr über die Tatsache erstaunt sein, daß in dem selben System unter anderen Bedingungen der Nettotransport auch völlig ohne Gradienten ablaufen kann. Der aktive Transport wird in Abschnitt 3.1 noch von einer anderen Seite her betrachtet werden.

Die «Kurzschluß-Technik» wurde mit Erfolg bei einer Reihe von Geweben für die Messung des Ionen-Fluxes angewandt. Fast zur selben Zeit wurde unabhängig von der Kurzschluß-Technik die «voltage-clamp-Technik» [20] entwickelt, die der Untersuchung von Membranströmen an Nerven unter kontrollierten Bedingungen dient. Sie stellt eine hervorragende Anwendung des selben Prinzips dar, und wurde stark verfeinert, da es hier notwendig ist, sehr schnelle Stromänderungen zu erfassen. Wichtiger für dieses Buch sind Messungen von Kurzschlußströmen an isolierten Stücken der Darmschleimhaut. Sie wurden gemacht, um die möglicherweise vorhandenen Beziehungen zwischen dem Transport von Nicht-Elektrolyten (Zucker und Aminosäuren) [35] und Natrium bei der Darmabsorption zu untersuchen. Wurde die Zunahme des Kurzschlußstroms von der Schleimhautseite zum Blut hin gegen die Konzentration einer Aminosäure (z. B. Alanin, Valin oder Leucin) auf der Schleimhautseite aufgetragen, so ergab sich eine rechtwinklige Hyperbelfunktion. Dabei wurde angenommen, daß eine saturierbare Katalyse des Na^+-Transports durch eine Aminosäure stattfindet. Mit Hilfe radioaktiv markierter Stoffe wurde der einseitig gerichtete Influx von Aminosäuren in die Epithelzellen bei unterschiedlichen Konzentrationen der Aminosäuren und des Natriums in der Lösung auf der Schleimhautseite gemessen; wurden die Resultate doppelt reziprok gegeneinander aufgetragen, ergaben sich Gerade. Es zeigte sich, daß die Steigung der Geraden (mit den höchsten Flux-Raten) am geringsten war, wenn die Natriumkonzentration am höchsten war. Offensichtlich nahm der K_m-Wert für die Aufnahme von Aminosäuren bei steigender Na^+-Konzentration ab. Die maximale Flux-Rate wurde dabei von der Na^+-Konzentration nicht beeinflußt. Eine Möglichkeit, die sich aus diesen Experimenten und ähnlichen Befunden beim Zuckertransport ergibt, besteht darin, daß die Aufnahme von Nicht-Elektrolyten an denselben Orten geschieht wie die Aufnahme von Na^+. Nicht alle Resultate, die sich aus anderen Versuchsmethoden ergaben, unterstützen diesen Schluß; dennoch sprechen die klaren Ergebnisse der *in vitro*-Arbeiten, die hier zusammengestellt wurden, stark dafür, daß der Co-Transport von Na^+ und Nicht-Elektrolyten ein wichtiges Element im komplexen Mechanismus der Darmabsorption darstellt. Es wurden Beweise für eine ähnliche Art des Co-Transportes auch in Arbeiten über Einzelzellen gefunden, vor allem bei Erythrocyten von Tauben. Ein wichtiges Prinzip ergibt sich aus den Ergebnissen anderer Experimente in demselben elektrischen Feld. Der Kurzschlußstrom an isoliertem Kaninchen-Ileum konnte durch die Zugabe von 3-o-Methylglucose mehr als verdoppelt werden. 3-o-Methylglucose ist ein Zucker, der im Stoffwechsel nicht umgesetzt wird: damit ist die Möglichkeit ausgeschlossen, daß ein autokatalytischer Mechanismus, bei dem der Nicht-Elektrolyt als Energiequelle dient, den gefundenen Co-Transport unterstützt. Es wird den Leser sicher nicht überraschen, daß Phlorizin den Kurzschlußstrom in Abwesenheit des Zuckers bis zum Grundstrom zurückgehen läßt.

Nachdem wir viele Beispiele für den aktiven Transport bei Absorptionsprozessen gesehen haben, wollen wir noch kurz die Sekretion betrachten. Unter den vielen physiologischen Beispielen ist die Magenresektion besonders auffällig. Es fällt nicht schwer, die Sekretion von ca. 1,7 M HCl aus nahezu neutralem Ausgangsmaterial als aktiven Transport einzustufen. Andererseits ist es praktisch unmöglich, vorliegende Daten lückenlos so zusammenzufassen, daß ein Mechanismus abgeleitet werden kann; ganz abgesehen von der zellulären Komplexität besteht der Hauptgrund darin, daß die Technik der spezifischen Markierung der betreffenden Kationen nicht anwendbar ist. Eine Möglichkeit, der viel Aufmerksamkeit geschenkt wurde, besteht darin, daß Protonen, die Stoffwechselsubstraten – und damit in vielen Fällen indirekt dem Wasser – entstammen, außerhalb der sekretorischen Membran freigesetzt werden. Diese Vorgänge lassen sich bei Mikrobenkulturen, die Säuren produzieren, einfacher untersuchen; so z. B. bei der «Säure-Fermentation» von E. coli. Interessanterweise sind in Bakterien viele für den Stoffwechsel wichtige Dehydrogenasen membrangebunden [30], obwohl man daraus nicht folgern darf, daß sie auch Protonen abgeben. In einer Reihe von Experimenten mit einzelligen Organismen konnte eindeutig gezeigt werden, daß pro H^+-Ion ein K^+-Ion eingetauscht wurde. Die mögliche Bedeutung des Eintausches anderer Kationen mit H^+ wird in Abschnitt 3.1 behandelt.

Einen großen Fortschritt bei der Untersuchung des aktiven Transports brachte die Entdeckung von Skou, daß eine ATPase in den Nerven des Krebses vorkommt, die Mg^{++} benötigt und durch Na^+ und K^+ aktiviert wird. Ähnliche Enzyme wurden zuerst in der Niere und dann in roten Blutkörperchen gründlich erforscht. Sie werden spezifisch durch Ouabain gehemmt, und sind mit den Stellen für den aktiven Transport von Na^+ gleichzusetzen. Eine genauere Abhandlung darüber findet in Abschnitt 4.3 statt.

2.3 Die Ionen-Verteilung

Dieser Abschnitt enthält eine Tabelle, die die Ionenzusammensetzung der Skelettmuskeln von Ratten mit der im Blutplasma vergleicht. Zu diesen Daten wird eine kurze Erklärung gegeben. Der Leser sollte sich über die Probleme, die sich aus diesen Daten ergeben, eigene Gedanken machen. Eine mögliche Interpretation wird in Abschnitt 3.3 gegeben.

Die Werte in der Tabelle sind auf das Volumen des Wassergehalts der Muskelfaser bezogen. Sie entstammen der Analyse des gesamten Muskels und wurden unter Berücksichtigung der Ionen im extrazellulären Raum korrigiert. Die Zusammensetzung des extrazellulären Wassers entzieht sich zwar der experimentellen Bestimmung, aber sie wurde aus der Zusammensetzung des Blutplasmas und dem Volumen des extrazellulären Raumes errechnet. Das führt zu einer gewissen Unsicherheit bei den Werten im ersten Teil der Tabelle, nämlich bei den anorganischen Ionen.

Die zweite Gruppe, die Phosphatester und das anorganische Phosphat, stellen keine reine Fraktion dar; sie unterscheiden sich analytisch voneinander in bezug auf ihre Stabilität. Alle sind negativ geladen.

Anserin und Carnosin sind bei neutralem pH kationische Dipeptide. Es ist schwierig, den Muskel auf Glucose zu analysieren, aber die Konzentration dürfte sicherlich nicht Null betragen.

Werte für Phospholipide sind in der Tabelle nicht aufgeführt, weil diese Verbindungen nicht in das osmotische Gleichgewicht

Tab. 2.2. Die Ionenzusammensetzung der Skelettmuskeln von Ratten [8]

Art	intra-zelluläres Wasser mM	Plasma mM
K	152	6,4
Na	16	150
Ca + Mg	18	5
Cl	5	119
HCO_3	1,2	24,3
Phosphocreatin	37	
ATP	10	
Hexosephosphat	15	
Triosephosphat usw.	5	
Säurelösliches Phosphat	5,5	2,3*
Anserin und Carnosin	33	
Protein	4	1
Aminosäuren	30	3
Lactat	3	1
Harnstoff	—	7
Glucose	7	5

* Anorganisches Phosphat

des Gewebes mit seiner umgebenden Flüssigkeit und damit auch mit dem Blutplasma eingehen. Man wird auch noch andere Substanzen in der Tabelle vermissen. Die ungleiche Verteilung all dieser Substanzen sollte uns nicht zu dem Schluß verleiten, daß der Muskel sich mit dem Blutplasma nicht im osmotischen Gleichgewicht befindet. Zwar wurde aus der größeren Gefrierpunktserniedrigung von frisch entnommenem und zerriebenem Gewebe gegenüber der Gefrierpunktserniedrigung beim Blutplasma geschlossen, daß der lebende Muskel sein offenbar vorhandenes osmotisches Gleichgewicht nur aufrecht erhalten kann, indem er ständig Wasser herauspumpt. Ausführliche Experimente erbrachten jedoch keinen Beweis für solch einen aktiven Wassertransport, und es konnte bei genauer Arbeitsweise sogar gezeigt werden, daß die Gefrierpunktserniedrigung bei einigen Geweben gleich groß ist wie die des Blutplasmas. Eine experimentelle Abweichung davon wird darauf zurückgeführt, daß sich das Gewebe rasch auflöst, wodurch sich die momentane Zahl der Moleküle erhöht.

Das Membranpotential des Skelettmuskels von Ratten beträgt 90 mV, wobei die Außenseite positiv geladen ist (siehe Abschnitt 4.1).

Literatur

Davson, H. (1970), A textbook of general physiology 4te edition. Churchill, London. Der Schwerpunkt dieses gründlichen Buches, dessen 3. Auflage auch noch nicht veraltet ist, lag schon immer auf dem Transport. Ein gutes Nachschlagewerk.

3 Hypothesen über Modelle

3.1 Gerichtete Stoffwechselvorgänge

Lebende Zellen brauchen «Brennstoff», der in die Zellen eindringen muß, und sie produzieren Endprodukte (einschließlich Wasser), die die Zelle verlassen müssen. In wachsenden Zellen ist die Stoffaufnahme größer als die Abgabe, wohingegen im Fließgleichgewicht – das normalerweise für Transport-Experimente gewählt wird – Aufnahme und Abgabe gleich groß sind. Die Zelle muß die innere Konzentration an kleinen Molekülen oder Anionen ständig kontrollieren, da diese häufig am Anfang von Stoffwechselketten stehen. Ebenso muß in einigen Fällen die Konzentration an kleinen Molekülen, die bei den Stoffwechselketten abfallen, kontrolliert werden. Die Überwachung dieser Konzentrationen trägt wesentlich zur Regulation von Stoffwechselvorgängen bei. Die Zellen enthalten auch Ionen wie Na^+, K^+ und Cl^-, die auf Grund ihrer Eigenschaften im Stoffwechsel nicht umgebaut werden, aber bei der Katalyse von Prozessen aktivierend oder hemmend eingreifen. Die spezifischen Aufnahmemechanismen, die für diese verschiedenen chemischen Substanzen entwickelt wurden, können verstanden werden, wenn man die Prinzipien der Stoffwechselbiochemie auf sie ausdehnt, vor allem die Prinzipien der gemeinsamen Zwischenprodukte (Kopplungsprinzip). Damit kann man die einzelnen Schritte einer zyklischen Reaktion als voneinander räumlich getrennt verstehen in einem anisotropen Medium (z. B. in einer Membran). Ein Prinzip, das anderswo nicht angetroffen wird, ist, daß eine chemische Reaktion, die eine Translocation zur Folge hat, mit dem teilweisen Abbau eines elektrochemischen Gradienten gekoppelt sein kann. Die Aufrechterhaltung eines solchen Gradienten, der im Fließgleichgewicht notwendig ist, muß letzten Endes von einem primären Prozeß der Ionensekretion abhängen.

3.1.1 Die Zellen müssen ihre Nährstoffaufnahme katalysieren

Aus den Werten Collanders (siehe Abschnitt 1.3) für die Permeabilität einer Zellmembran für nicht natürliche Substanzen kann man die Permeabilität errechnen, die für Nährstoffe, wie z. B. Glucose, zu erwarten ist. Das setzt voraus, daß sie auf ähnliche Weise wie die Probemoleküle in die Zelle eindringen. Wir wollen zum Beispiel annehmen, daß 1 ml Zellsuspension eine Oberfläche A von 10^3 cm^2 und für Hexose einen Permeabilitätskoeffizienten K von ca. $6 \cdot 10^{-5}$ cm h^{-1} hat, der aus dem Steinschen Diagramm ermittelt wurde. Dann beträgt die Rate für die Hexoseaufnahme

$$\text{Aufnahmerate} = kA\Delta c = 3 \cdot 10^{-7} \text{ mol h}^{-1}$$

vorausgesetzt, die Hexosekonzentration im Innern der Zellen war auf Grund des Stoffwechsels wirklich Null. Nun wollen wir den Hexoseverbrauch betrachten, der erforderlich ist, um einen vernünftigen Q_{O_2} von z. B. 22,4 μl mg^{-1} (trocken) h^{-1} aufrecht zu erhalten. Unter der Annahme, daß das Trockengewicht 20 % des Frischgewichts ausmacht, und wenn 6 Moleküle Sauerstoff pro Molekül Hexose benötigt werden, beträgt die

$$\text{Verbrauchsrate} = \frac{Q_{O_2} \cdot \text{Trockengewicht (mg)}}{22{,}4 \cdot 10^6 \cdot 6} = 3{,}3 \cdot 10^{-5} \text{ mol h}^{-1}$$

Die Zellen würden also verhungern, wenn die Aufnahme nicht katalysiert würde. Das generelle Vorkommen von Aufnahmeprozessen, die Sättigungskinetik zeigen, macht es unwahrscheinlich, daß solch eine Katalyse in der Evolution erst im Nachhinein entwickelt wurde; es ist wahrscheinlicher, daß sie sich als eine Variante der enzymatischen Katalyse mit dieser zusammen entwickelt hat.

Mitchell schlug das Konzept des «vektoriellen Stoffwechsels» vor, um die vielen Elemente des Stoffwechsels mit einzubeziehen, für die sowohl die Richtung, in der sie ablaufen, als auch ihre Größe eine Rolle spielen. Die Aufnahmeprozesse sind wohl die wichtigsten unter diesen Elementen. Das Prinzip einer gerichtet ablaufenden chemischen Katalyse ist außer von der Oberflächenchemie her dem nicht biologisch arbeitenden Chemiker unvertraut, obwohl dieses Prinzip in Eyrings

Theorie [11] über die absoluten Umsatzmengen bei Reaktionen berücksichtigt wurde. Jedoch kommen gerichtet ablaufende Vorgänge und Konformationswechsel bei der enzymatischen Katalyse immer mehr in Gebrauch, und es ist von der Sache her durchaus vertretbar, diese Begriffe auf Membranprozesse auszudehnen. Die Vorstellung eines vektoriellen Stoffwechselprozesses vermeidet angenehmerweise willkürliche, mechanistische Forderungen und besitzt eine nützliche Allgemeingültigkeit. Als Beispiel soll in Abb. 3.1 die Aufnahme einer Verbindung G in eine

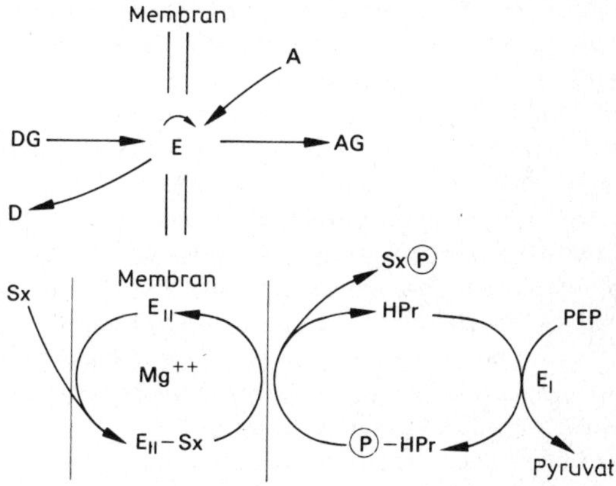

Abb. 3.1: Der Vergleich eines «gerichtet arbeitenden Enzyms» (oben) mit dem bakteriellen Phosphotransferase-System (unten). Einzelheiten im Text

Zelle mit Hilfe eines translocierenden Enzyms (Mitchel [26], 1961) verglichen werden mit der vektoriellen Anordnung (1966, [22]) der Aufnahme eines Zuckers in Bakterien durch ein translocierendes Phosphotransferase-System. Mitchel fordert, daß das Enzym an den folgenden Prozessen beteiligt ist:

a) Spaltung der Bindung zwischen G und ihrem Donor D,
b) Übertragung von G,
c) Bildung einer kovalenten Bindung zwischen G und dem Akzeptor A.

Man kann sich nun vorstellen, daß die Translocase E_{II} (Enzym II) im bakteriellen System dem E bei Mitchell entspricht. Dann werden die folgenden Schritte durch E_{II} katalysiert:

a) Aufnahme des Zuckers S_x aus dem Medium durch E_{II},
b) Übertragung von S_x,
c) Bildung und Freisetzung des phosphorylierten Zuckers S_xP.

Das Enzym II ist Mg-abhängig. Es ist eines aus einer Reihe von Enzymen, von denen jedes für einen bestimmten Zucker spezifisch ist. Dagegen ist das phosphorylierte und Histidin enthaltende Protein Ⓟ-HPr ein Substrat, das für alle Enzyme II gilt und man kann sich vorstellen, daß es dem Akzeptor A entspricht. Um den Aufnahmeprozeß eines Zuckers zu vervollständigen, wird Ⓟ-HPr dephosphoryliert. HPr wird dann wieder durch Phosphoenolpyruvat (PEP) phosphoryliert, womit das anfangs vorhandene Ⓟ-HPr wieder hergestellt ist. Diese Reaktion wird durch eine lösliche Phosphotransferase katalysiert, die Enzym I (E_I) genannt wird. In diesem Beispiel ist der endergonische Prozeß der Zuckerphosphorylierung und der möglicherweise endergonische Transfer des Zuckers in die Zelle (in für den Stoffwechsel ausreichender Menge) gekoppelt mit der exergonischen Dephosphorylierung des Phosphoenolpyruvats, was bemerkenswert ist. Die Verknüpfung mit einer exergonischen Reaktion ist für den Mechanismus dieser Reaktion typisch, obwohl nicht gesagt werden kann, ob sie notwendig ist, um eine ausreichende Aufnahmerate zu erzielen. In diesem Beispiel werden kovalente Bindungen gelöst und geknüpft, wohingegen bei vielen Translokationsprozessen (wie z. B. jenen von Zuckern oder Aminosäuren in Erythrocyten hinein) keine kovalenten Bindungen beteiligt sind. In solchen Fällen wird der Transportkatalysator nicht als Enzym beschrieben, da als Ergebnis der Katalyse das unveränderte Substrat sich lediglich an einem anderen Ort befindet.

3.1.2 Der Carrier und seine Verbindung mit dem Stoffwechsel

Um die Abhängigkeit des biologischen Transports von der Verknüpfung einzelner Reaktionen zu erforschen, scheint ein Denkansatz nützlich, bei dem die Prozesse der Translokation getrennt von den chemischen Reaktionen betrachtet werden. Beide liegen einem mit dem Stoffwechsel verknüpften Transport zugrunde. Solch eine Trennung wird schon seit längerer Zeit bei der Deutung biologischer Prozesse mit Hilfe von «Carriern» unternommen, und obwohl diese Betrachtungsweise schon älter ist als das Konzept von Mitchell, wird sie noch immer angewandt. Die Verhältnisse für den Transport von Zuckern in rote Blutkörperchen hinein wurden schon in Abschnitt 2.3 beschrieben und werden dadurch erklärt, daß bewegliche Carrier angenommen werden, die in der Membran wandern können. Wie in Abb. 3.2 dargestellt, kann der Carrier die Membranphase auf zwei Arten durchqueren, nämlich beladen und unbeladen. Diese Art des Transports wurde als «erleichterte Diffusion» bezeichnet. Um zu vermeiden, daß man in den Carriern U-Boote sieht, die Passagiere durch eine Ölschicht transportieren (was wohl auch nie bewiesen werden kann), ist es angebracht, sich nur auf die wesentli-

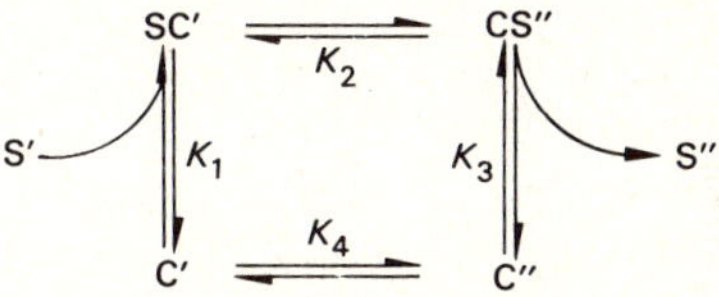

$$K_1 = \frac{[S'][C']}{[SC']} \qquad K_3 = \frac{[S''][C'']}{[CS'']}$$

$$K_2 = \frac{[SC']}{[CS'']} \qquad K_4 = \frac{[C']}{[C'']}$$

Abb. 3.2

chen, mechanistischen Punkte des Postulates zu beschränken, für die es weitgehende Hinweise gibt: es sind am Carrier eindeutig absättigbare Stellen vorhanden, die mit den aktiven Zentren der Enzyme vergichen werden können und die wechselweise zu der einen oder anderen Membranseite Zugang haben. Diese aktiven Stellen haben eine unterschiedliche Affinität zum selben Substrat, je nachdem, von welcher Seite es angeboten wird (siehe Abschnitt 4.3). Ohne molekulare Einzelheiten zu kennen, nimmt man an, daß diese aktive Stelle am Carrier Teil eines makromolekularen Systems ist, welches die Translokation katalysiert; Mitchell hat das ganze System als Träger (porter) beschrieben, wobei die aktive Stelle am Carrier nur einen Teil des Systems ausmacht.

Die wichtigsten quantitativen Eigenschaften dieses Modells werden mit Hilfe seiner Parameter zusammengefaßt, welche in Abb. 3.2 dargestellt sind. Die beiden Seiten des Systems werden mit ′ und ″ gekennzeichnet. Die Reaktionen der aktiven Stelle C werden mit Hilfe der üblichen Gleichgewichtskonstanten K_1

und K_3 (Dissoziationskonstanten) sowie K_2 und K_4 (Verteilungskonstanten) beschrieben. Wie alle chemischen Reaktionen ist jeder Schritt im Prinzip reversibel, und entsprechend ist die Membran, in der sich der Träger befindet, im Prinzip für das Substrat S permeabel. Nachdem das Trägersystem mit seinem Substrat ins Gleichgewicht gekommen ist, kann es thermodynamisch untersucht werden, indem man ein Mol S durch den Träger von links nach rechts transportieren läßt und dann S ohne Katalyse anstelle des Trägers durch die Membran zurückkehren läßt; schließlich kehrt dann auch noch der unbeladene Carrier nach links zurück. Das System hat nun wieder genau sein Anfangsstadium erreicht, so daß die Gesamtänderung an freier Energie in diesem Kreislauf Null sein muß. Da der unkatalysierte Schritt sich nur im Gleichgewicht befinden kann, wenn S′ = S″, folgt, daß das Anreicherungsverhältnis für den Träger im Gleichgewicht

$$\frac{K_3K_4}{K_1K_2} = \frac{[S'']}{[S']} = 1$$

Um es anders auszudrücken, muß die gesamte Gleichgewichtskonstante für das Trägersystem = 1 sein, da ja ein Katalysator den Gleichgewichtszustand nicht verändern kann. Damit werden 3 der 4 Gleichgewichtskonstanten ebenso wie 7 der 8 Geschwindigkeitskonstanten, die aufgestellt werden können, unabhängig. Es folgt, daß das Verhältnis der Dissoziationskonstanten gleich dem Verhältnis der Verteilungskonstanten ist:

$$K_1 / K_3 = K_4 / K_2$$

Wenn nun z. B. $K_4 \rightarrow \infty$ (d. h. der unbeladenen Carrier ist thermodynamisch an die Außenseite gebunden), so gilt ebenfalls $K_2 \rightarrow \infty$. Damit ist eine der Grundregeln für das «Carrierspiel», daß immer sowohl der beladene als auch der unbeladene Zustand beschrieben werden müssen.

Wir wollen nun annehmen, daß der Translokation von S′ durch den Träger ein stoffwechselbedingter Verbrauch von S″ folgt. Bei der vorhergehenden Betrachtung des Trägers zeigte sich, daß seine freie Standardenergie $\Delta\ G^\circ_{\text{Translokation}} = -RT \ln K = O$ war. Damit nun der gesamte Vorgang einer vom Stoffwechsel gefolgten Translokation spontan ablaufen kann, muß $\Delta G^\circ_{\text{Stoffwechselreaktion}}$ negativ sein, weil $\Delta G^\circ_{\text{Translokation}} + \Delta G^\circ_{\text{Stoffwechselreaktion}} < 0$ sein muß, damit die Reaktion freiwillig abläuft. Nach den biochemischen Grundregeln für die Thermodynamik wird bei diesem Vorgang unterstellt, daß im Fließgleichgewicht die Folgereaktion die Translokation zugunsten ihrer Produkte verschiebt. Diese kinetische Extrapolation ist nur darum annehmbar, weil die Biochemiker der Meinung sind, daß die Evolution diejenigen Katalysatoren geliefert hat, die gewisse thermodynamisch spontan ablaufende Reaktionen in biologisch wünschenswerter Größe ablaufen lassen (siehe Abschnitt 5.1).

Das einfache Schema von Abb. 3.2 erklärt die Befunde aus einer Reihe von experimentellen Systemen wie sie z. B. in Abschnitt 2.1 beschrieben sind. Beim Versuch, andere experimentelle Ergebnisse aus Transportvorgängen zu erklären, die nicht mit diesem Postulat übereinstimmen, wurden viele andere hypothetisch gekoppelte Trägersysteme erforscht. Solche Versuche haben oft unter dem Bestreben gelitten, die Ergebnisse mit Hilfe von Schemata zu erklären, bei denen die Anzahl an Parametern über die Anzahl der voneinander unabhängigen, experimentell meßbaren Daten hinausgeht, die zur Bestimmung der Parameter dienen. Demgegenüber sollten «Minimal-Schemata» [17] erstellt werden, die die Ergebnisse aus verschiedenen Experimenten erklären können.

Wir wollen uns nun vorstellen, daß ein (in der Folge gekoppelter) Träger sich nicht so schnell von seinem Substrat trennen kann, wie es die Zelle gerne hätte. Wir wollen weiter annehmen, daß dieser Mangel behoben werden kann, indem wir die Träger-Hypothese dahingehend abändern, daß der Carrier selbst zum Stoffwechselzwischenprodukt wird, so daß der Träger direkt, und nicht wie bisher erst in der Folgereaktion mit dem Stoffwechsel verknüpft ist. Ein Postulat dieser Art wird in Abb. 3.3 dargestellt. Die neue Form C* taucht beim Carrier auf. Sie ist

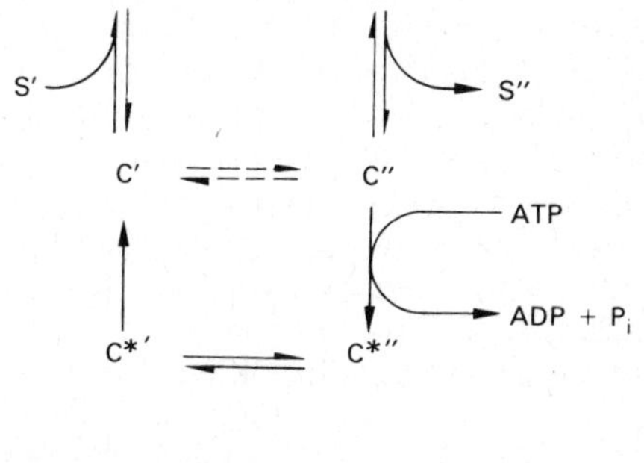

Abb. 3.3

die Folge einer Reaktion, bei der ATP gespalten wird. Es bestehen nun zwei Kreisbahnen für die Translokation von S, die wahlweise beschritten werden können, da ja auch zwei verschiedene Wege existieren, auf denen der unbeladene Carrier zum Ausgangspunkt zurückkehren kann. Der Einfachheit halber wollen wir zunächst den extremen Fall betrachten, bei dem der gesamte, unbeladene Carrier als C* zurückkehrt (die gestrichelten Pfeile zeigen die Nullrate an). Das Resultat dieses «völlig gekoppelten» Kreislaufs besteht darin, daß ein Mol ATP hydrolisiert und ein Mol S transklociert wird. Zusammengefaßt heißt das:

$$S' = S'' \qquad \Delta G_{Translokation}$$

$$ATP + H_2O = ADP + P_i \qquad \Delta G_{Stoffwechselreaktion}$$

$$S' + ATP + H_2O = S'' + ADP + P_i \; \Delta G_{Gesamt}$$

Dies kann so dargestellt werden, weil alle anderen Teile der zyklischen Reaktion sich gegenseitig aufheben. Wenn kein anderer Weg für C durch die Membran besteht, würde das System einen Gleichgewichtszustand erlangen, bei dem die Geschwindigkeit der Hin- und Rückreaktion gleich groß ist. Im Gleichgewicht gilt dann

$$\Delta G_{Gesamt} = O$$

$$\Delta G_{Translokation} = -RT \ln \frac{[S'']}{[S']} = -\Delta G_{Stoffwechselreaktion}$$

Weil $\Delta G^\circ_{Stoffwechselreaktion}$ ungefähr 30 kJ mol^{-1} beträgt, würde das Anreicherungsverhältnis groß sein (der Leser kann diesen Wert selbst errechnen).

In Wirklichkeit dürfte die Membran auch für S permeabel sein, und ein Teil des unbeladenen Carriers wird wohl auch als C zum Ausgangspunkt zurückkehren. Damit nun dieses System einen biologischen Vorteil gegenüber dem erst in der Folgereaktion gekoppelten Träger hat, muß man wohl annehmen, daß die Wanderung von C viel geringer ist als die von CS oder von C*; das Verhältnis «Transport zu ATP-Spaltung» würde dann etwas größer als 1 werden. In der Zelle würde dann der gekoppelte Träger nicht ins Gleichgewicht kommen, sondern er würde sich im Kreis bewegen und somit S in einer Menge anreichern, die sich aus kinetischen Betrachtungen ergibt, wohl vor allem aus den Resyntheseraten von ATP und der Versorgung mit ATP.

Je nach den Bedingungen besteht ein weiter Spielraum an

Möglichkeiten für diese Art des Kreislaufs, der für den «aktiven Transport» verantwortlich ist; zwei Beispiele sollen genügen. Wenn das Substrat nicht in den Stoffwechsel eingeht, wird es bis zu einer inneren Konzentration angehäuft, bei der der gesamte Efflux, der sich aus der Rückreaktion und aus irgendwelchen leichten Lecks in der Membran ergibt, gleich groß ist wie der Influx, der von der Translokation verursacht wird. Im Gegensatz dazu sind die Konzentrationen des Substrats auf Innen- und Außenseite gleich, wenn das Substrat in einer Größe in den Stoffwechsel eingeht, die der Translokation entspricht, und wenn das erste Stoffwechselenzym dieselben K_m- und V_{max}-Werte hat wie der Carrier auf der Außenseite. Es ist recht sinnlos, in diesem Falle die Gleichgewichtskonstante in Abb. 3.3 zu definieren, da alles, was man thermodynamisch schließen kann, zusammengefaßt wird durch die Feststellung, daß für den die Translokation verursachenden Reaktionszyklus folgendes gilt:

$$\Delta G_{\text{Gesamt}} = \Delta G_{\text{Stoffwechselreaktion}} + \Delta G_{\text{Translokation}} < 0.$$

Allgemeiner ausgedrückt ist es recht zwecklos, noch länger nach einer Definition für den aktiven Transport zu suchen, die die Möglichkeit eines direkt gekoppelten Carriers mit einschließt; es wäre besser, nach Belegen zu suchen, die den Mechanismus identifizieren, in klar benennen und den Ausdruck «aktiver Transport» vermeiden.

3.1.3 Abänderung der zyklischen Modelle

Ein großer Teil der Stoffwechselbiochemie kann mit Hilfe von Reaktionszyklen analysiert werden. Abb. 3.4 zeigt einen verallgemeinerten Reaktionszyklus, der mindestens von zwei Enzymen katalysiert wird. Dabei findet normalerweise die spontane Reaktion

$$E + G = F + H$$

statt, an der die freien Zwischenprodukte (A, B, C, und D, wenn 4 Enzyme vorhanden sind) beschleunigend mitwirken. Die freie Energie der einzelnen Reaktionen kann positiv oder negativ sein, vorausgesetzt die Summe im Zyklus ist negativ. Auf diese Weise sind endergonische, biosynthetische Reaktionen oft mit exergonischen Abbaureaktionen innerhalb eines Kreislaufs verknüpft. Aber wenn die einzige Funktion des Zyklus der Transport ist (wie im vorliegenden Fall), so ist der Abbau mit der Produktion desselben Substrates an einer anderen Stelle gekoppelt und das

Schema kann mit einem rein abbauenden Zyklus verglichen werden, soweit es einen solchen überhaupt gibt. Das am besten vertraute Beispiel ist der Zyklus in Abb. 3.5, der sich in vielen Zellen aus dem unvermeidlichen Zusammenspiel von abbauenden und synthetischen Prozessen ergibt. Das Netto-Ergebnis hierbei ist die Hydrolyse von ATP und – da die beiden Enzyme sich nicht gleichzeitig am selben Ort befinden können – die Translokation der Phosphatgruppe innerhalb der Zelle.

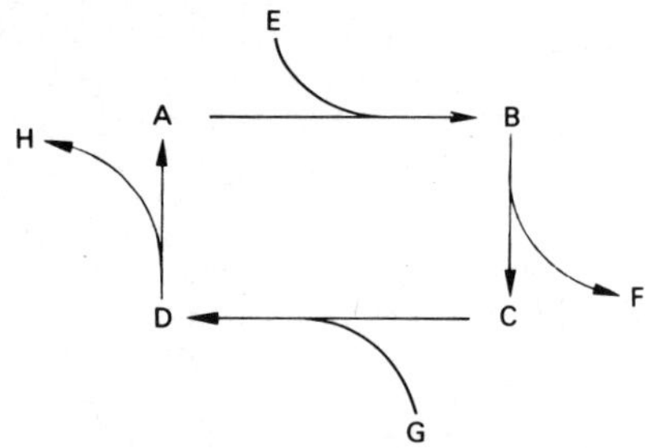

Abb. 3.4

In diesem Beispiel wird ATP in zwei verschiedenen Schritten hydrolisiert. Die chemischen Tatsachen und die vergebliche Suche nach entsprechenden Wegen im Intermediär-Stoffwechsel für einen Fall wie den in Abb. 3.3 beschriebenen, bei dem die Hydrolyse in einem einzigen Schritt vonstatten geht, rechtfertigen die Abänderungen des Carrier-Schemas (Abb. 3.6). Der Hauptunterschied zwischen Abb. 3.5 und der unteren Hälfte von Abb. 3.6 (Stoffwechselreaktion und Transport) besteht darin,

Abb. 3.5

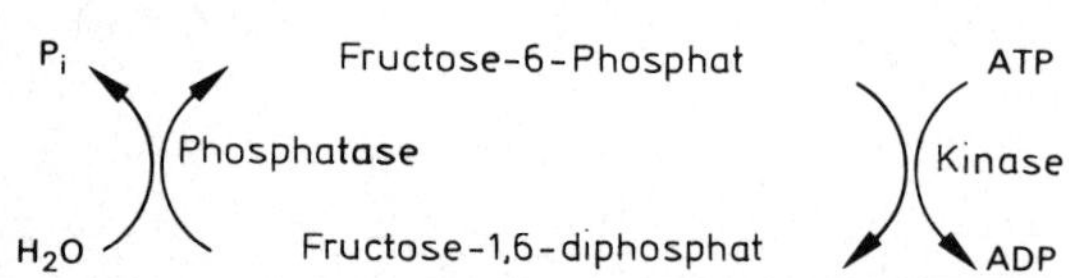

daß in der letzteren ein spezielles Substrat, nämlich die aktive Stelle am Carrier, sich in der Membranphase befindet und nicht mehr frei in der Lösung vorliegt, und daß die Gesamtmenge der verschiedenen Zustandsformen des Carriers konstant ist. Man könnte sogar die Interpretation von Abb. 3.6 dahingehend abwandeln, daß man sich die untere Hälfte der Abbildung von einer Phosphatase und einer Kinase katalysiert denkt, die nebeneinander in der Membran liegen; in diesem Fall muß man sich die obere Hälfte als «vektoriellen Stoffwechselprozeß» vorstellen.

Ein biologischer Nachteil dieses chemisch realistischen Schemas wird deutlich: für jedes hineintransportierte S geht ein P_i verloren. Dieser Nachteil könnte aufgehoben werden, indem ein drittes Enzym (Abb. 3.7) eingeführt wird, oder, wenn S an C nicht

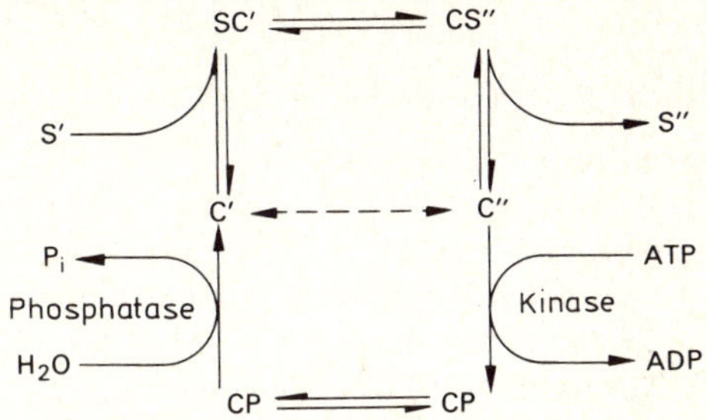

Abb. 3.6

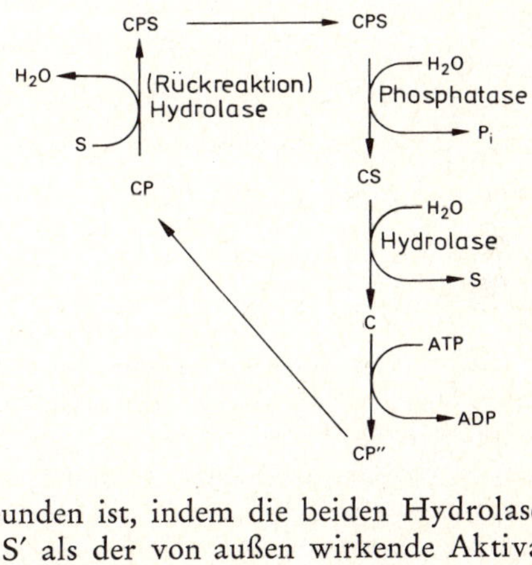

Abb. 3.7

kovalent gebunden ist, indem die beiden Hydrolasen weggelassen werden und S′ als der von außen wirkende Aktivator einer «gerichtet arbeitenden Phosphatase» betrachtet wird. Dieser Gesichtspunkt stimmt mit der Tatsache überein, daß jeglicher Beweis für eine kovalente Bindung zwischen Carrier und einer Substanz (Zucker oder Aminosäure) fehlt, wobei diese Substanz auf der Innenseite unverändert freigegeben wird. Es ist auch von Bedeutung, daß die Na/K-abhängige ATPase (siehe Abschnitt 3) mit der Aktivität einer anderen Phosphatase verknüpft ist, deren natürliches Substrat bisher nicht identifiziert werden konnte.

Zusammenfassend läßt sich sagen, daß die Stoffwechselreaktion und der Transport in Wirklichkeit nicht voneinander getrennt sein müssen. Außerdem sollte der vektorielle Stoffwechsel in einer Weise betrachtet werden, bei der man nach Ähnlichkeiten zwischen Transport und Intermediärstoffwechsel sucht.

3.1.4 Kinetische Betrachtungen des Transportes

Vieles von unserem Verständnis für den intermediären und den vektoriellen Stoffwechsel stammt aus kinetischen Untersuchungen. Wir wissen aber sehr viel weniger über Transportmechanismen als über den Mechanismus von Enzymen. Das mag teilweise daran liegen, daß kinetische Transportuntersuchungen größere technische und begriffliche Schwierigkeiten machen. Es ist nicht der Zweck dieses Abschnittes, diese Schwierigkeiten, welche nach dem gegenwärtigen Stand der Forschung beträchtlich sind, zu beseitigen, sondern es soll hier eine kurze Darstellung gegeben werden, um dem Leser die Annäherung an die Literatur zu erleichtern, die sich bisher angehäuft hat.

Bei kinetischen Betrachtungen ist es wichtig, eine Vorstellung über die geschwindigkeitsbestimmenden Vorgänge zu bekommen. Betrachten wir einmal eine lineare Reaktionsfolge

$$\rightarrow A \rightarrow B \rightarrow C \rightarrow D \rightarrow$$

bei der die einzelnen Reaktionsschritte bei einem Fließgleichgewicht in eine Richtung verlaufen. Dabei wird die Menge an «durchgegebenem Stoff» nur von einem einzigen Schritt bestimmt, wenn dessen Geschwindigkeitskonstante ungefähr ein Zehntel oder noch weniger [6] als die der anderen Schritte beträgt. Bei komplizierten Reaktionsschemata hängt der geschwindigkeitsbestimmende Schritt (oder eine Gruppe von Schritten) oft von den experimentellen Bedingungen ab. Wenn eine ganze Reihe kinetischer Experimente unter verschiedenen Bedingungen an biologisch gleichen Systemen unternommen wird (die Systeme müssen Carrier derselben Art und in derselben Konzentration besitzen), so kann man dann von einem befriedigenden Modell für das Transportsystem sprechen, wenn es für alle Experimente zutrifft und wenn alle Parameter des Modells eindeutig aus den Experimenten bestimmbar sind. Einige Verwirrung scheint entstanden zu sein, weil dieser wünschenswerte Zustand in der Praxis nur schwer zu erreichen war. Gab man zu Zellen, die das Fließgleichgewicht erreicht hatten, etwas markiertes und unmarkiertes Substrat, so konnte man häufig beobachten, daß ein 1:1-Austausch von markiertem und unmarkiertem Substrat ohne Netto-Transport erfolgte. Dieser Vorgang wurde als Transport durch *Austauschdiffusion* beschrieben und wird im Carrier-Schema der Abbildung 3.8 dargestellt. Das Ergebnis könnte jedoch

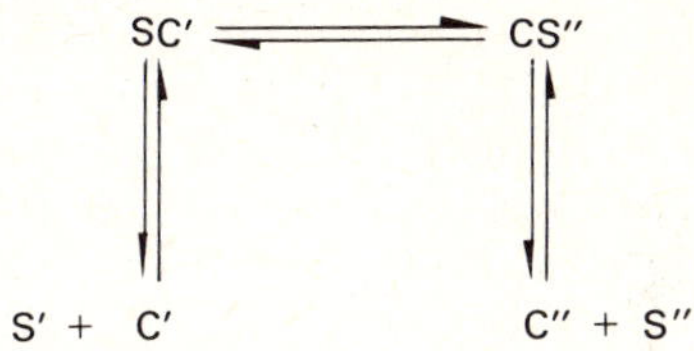

Abb. 3.8

auch mit Hilfe des Modells in Abb. 3.2 (im Gleichgewichtszustand) oder dem in Abb. 3.3 erklärt werden, wobei parallel zur Anhäufung von S im Gleichgewichtszustand ein Verlust des nicht in den Stoffwechsel eingehenden S durch die Membran erfolgt. In der Tat wäre es nicht nötig, einen Carrier zu fordern, wenn die markierte Substanz Wasser oder ein bestimmter, nicht natürlicher, permeationsfähiger Stoff wäre. Abb. 3.8 stellt wohl die beste Lösung eines Transportmodells dar, welches durch das Phänomen der Austauschdiffusion gerechtfertigt wird.

In einem anderen Versuch werden Zellen mit einem markierten Substrat, das keinem Stoffwechsel unterworfen ist, ins Gleichgewicht gebracht. Die Konzentration an Substrat soll dabei so hoch liegen, daß nahezu alle aktiven Stellen am Carrier abgesättigt werden. Wird dann, wenn ein Anreicherungsverhältnis von 1 erreicht ist, unmarkiertes Substrat oder ein verwandtes Substrat dem Medium zugegeben, so kann eine Zeitlang der Efflux des markierten Substrates gegen sein Konzentrationsgefälle beobachtet werden. Der Grund für diesen *Gegenstrom* (counterflow) ist folgender: eine Zeitlang wird der Wettbewerb um die aktiven Carrierzentren durch das im Außenmedium vorhandene Substrat durch den Wettbewerb des Substrates im Innern nicht ausgeglichen. Darum wird das markierte Substrat schneller hinaustransportiert als es hereinkommt. Ein solcher Gegenfluß legt die Vermutung nahe, daß ein Gradient, der von einem von zwei Substraten, die sich einen Carrier teilen, aufrechterhalten wird, die Translokation des anderen Substrates verstärken kann. Dieser Gedanke wird in einem anderen Zusammenhang weiter ausgeführt (Abschnitt 3.1.5).

Im Schema der Abb. 3.2 kann gezeigt werden, daß bei Substratkonzentrationen unterhalb der Sättigungsgrenze der einseitig gerichtete Influx eines Substrates von der Konzentration von S″ abhängen kann. So bewirkt z.B. eine Abnahme von [S″], die eine Zunahme des Konzentrationsunterschiedes für S quer durch die Membran zur Folge hat, paradoxerweise eine Abnahme des Influx. Dieser Effekt *(trans-concentration effect)* kann folgendermaßen erklärt werden: die Influxrate hängt von der Verwendbarkeit des Carriers auf der Außenseite ab, und diese wiederum hängt von der Geschwindigkeit ab, mit der der Carrier auf die Außenseite zurückkehrt. Wenn das Substrat verglichen mit der Rückkehr des Carriers (Schritte 2 und 4) rasch den Gleichgewichtszustand (Schritte 1 und 3) erreicht, so erhöht eine Abnahme der Konzentration von S″ die Konzentration von C″, und dies sollte die Rückkehr von C beschleunigen. Aber wenn die Geschwindigkeitskonstante für die CS-Rückkehr größer ist als die für C, so wird eine Abnahme an [S″] durch die Reduzierung von [CS″] ebenso die Rückkehr des Carriers auf diesem schnelleren Weg senken (wobei der Carrier außen unbeladen ist.) Wenn dieser Faktor größer ist als die erhöhte Rückkehr der C-Form, stellt sich der oben als «trans-concentration effect» bezeichnete Vorgang ein. Aus diesen Gründen wurde das Phänomen *beschleunigte Austausch-Diffusion* genannt. Dieses Argument wiegt schwer, weil eindeutig gezeigt werden konnte [18], daß für den Transport eines Nicht-Elektrolyten in Erythrocyten hinein die Umorientierung des Carriers geschwindigkeitsbestimmend ist. Ein indirekter Beweis dafür, daß diese Vorgänge weit verbreitet sind, ergibt sich aus Untersuchungen über die biologische Selektivität von Ionen (Abschnitt 3.4).

3.1.5 Der mit primärer Ionensektretion verknüpfte Transport

Es war bisher üblich, die ATP-Hydrolyse als diejenige exergonische Reaktion anzusehen, die mit der Translokation gekoppelt ist. Aber der einzige eindeutige Nachweis von ATP als direktem Energielieferanten für den Transport existiert bei dem Na/K-abhängigen ATPase-System. Es wurde im Gegenteil deutlich, daß ATP nicht direkt in eine Reihe von Systemen, die mit dem Stoffwechsel verbunden sind, einbezogen ist; statt dessen stellt eine elektrochemische Potentialdifferenz, die durch den Stoffwechsel aufrecht erhalten wird, die treibende Kraft dar. Ein Träger verbindet den Kationentransport in Richtung eines abnehmenden elektrochemischen Potentials spontan mit der Translokation des Substrates, das neutral oder elektrisch geladen sein kann. Z. B. kommt bei der Aufnahme von β-Galaktosiden in E. coli (Abb. 3.9) [42] ein Co-Transport (symport) eines Protons mit dem Substrat vor, und die Rückkehr des unbeladenen Carriers in die elektropositive Richtung wird durch seine negative Ladung begünstigt.

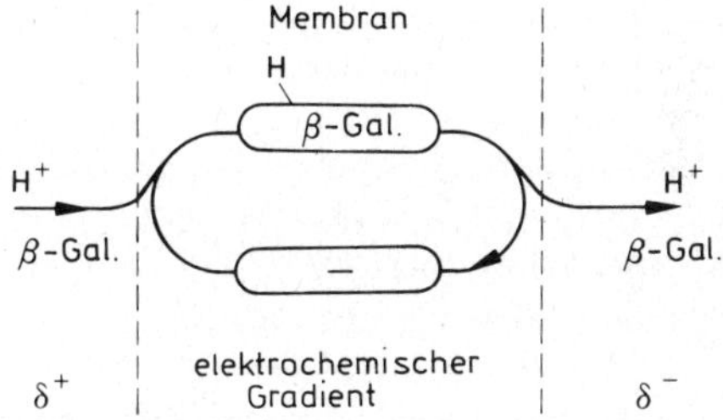

Abb. 3.9

Der Konzentrationsunterschied des Kations wird durch einen anderen Prozeß aufrechterhalten, und zwar durch die primäre Ionensekretion, für die die freie Energie letztlich aus der freien Energie der Oxidation von reduzierten Verbindungen stammt. Der direkte Weg, diese Bindung zu ermöglichen, bestünde darin, daß die Protonen, die aus dem Stoffwechsel von Substraten stammen, an der Außenseite der Membran freigelassen werden. Dabei findet der Stoffwechsel innerhalb dieser Membran statt. Conway war ein früher Verfechter dieser Ideen, die dann von Davies und Ogston [9] verallgemeinert und von Mitchell erweitert wurden. Die Vorstellung, daß das Proton für den primären Transportvorgang geeigneter ist als Kationen wie Na^+ oder K^+, die fast immer in löslichen Salzen vorkommen, ist chemisch und physiologisch vernünftig. Die Pufferkapazität der Zelle bietet nämlich auch bei unterschiedlichen Bedingungen in der Umgebung eine beinahe unerschöpfliche Versorgung mit dem primär transportierten Stoff, ohne daß hohe Stoffkonzentrationen entstehen. Andere Alternativen zu H^+ – der vom Stoffwechsel gelieferten und primär ausgeschiedenen Substanz – sind OH^-,

NH_4^+ und HCO_3^-. Bei einer Anzahl von Systemen bei Säugetieren, z. B. bei der Darmschleimhaut, scheint ein Co-Transport von Natrium mit Glucose oder einer Aminosäure vorzukommen. Der Na^+-Gradient wird direkt auf Kosten der ATP-Hydrolyse aufrechterhalten, und man muß sich Na^+ als das Ion vorstellen, das primär abgeschieden wird, selbst wenn sich herausstellen sollte, daß auch Protonen in den Mechanismus einbezogen sind.

Um die elektrische Neutralität aufrechtzuerhalten, muß auf die primäre Kationensekretion ein sekundärer Transport eines anderen geladenen Stoffes folgen: in extremen Fällen wird jedes abgeschiedene Kation von einem Anion begleitet oder gegen ein anderes Kation ausgetauscht. In der Zelle sind die geladenen Stoffe, die sekundär transportiert werden, die geladenen Stellen am Träger und möglicherweise wandern hydratisierte Kationen und Anionen durch wäßrige Kanäle in der Membran. Die Träger können den Co-Transport (symport) (wie in Abb. 3.9) oder den Gegentransport (antiport) (z. B. K^+/H^+) katalysieren. Diese allgemeine Form der Kopplung ist voraussichtlich wegen ihrer Vielseitigkeit recht sparsam.

3.2 Die Regulation des osmotischen Druckes

Am Anfang entstand das Leben im Wasser. Das Verhältnis der Ionen zueinander und die Ionenkonzentrationen in der «Urbouillon» sind wahrscheinlich ähnlich wie die im heutigen Meerwasser (Tab. 3.1).

Tab. 3.1. Ionenkonzentration im Meerwasser

Ion	Cl^-	Na^+	$SO_4^=$	Mg^{++}	Ca^{++}	K^+	CO_2*	Fe	P_i
mEq/kg	535	454	28	52	10	10	2,1	0,004	0,002

* Gesamt. Meist als Bicarbonat

Tabelle 3.2 zeigt die Häufigkeit einiger Elemente in der Erdkruste. Vergleicht man die beiden Tabellen, so stellt man fest,

Tab. 3.2. Relative Häufigkeit in der Erdkruste

Element	Na	Ca	Fe	Mg	
g-Atom/kg	1,22	0,90	0,90	0,86	
Element	K	C	P	S	Cl
g-Atom/kg	0,67	0,025	0,04	0,016	0,006

daß sich die Mineralien der Erdkruste in ihrer Löslichkeit weitgehend unterscheiden.

Wir können die früheste Form des Lebens wohl am besten als eine Zelle beschreiben, die zum Wachstum und zur Reproduktion fähig war. Man stellt sich eine primitive Zelle als eine in sich abgeschlossene Region vor, die von einer Grenzfläche umschlossen ist, die eine kleine Anzahl sehr großer Moleküle wie DNA oder etwas Entsprechendes als genetisches Material besitzt, und die Schablonen einer einsträngigen RNA sowie etwas Ähnliches wie die uns bekannten Ribosomen herstellt. Die Zelle muß auch noch eine sehr viel größere Anzahl kleiner Moleküle enthalten, die in den Stoffwechsel und die Biosynthese eingehen. Damit die Zelle ihre charakteristischen Eigenschaften während des Wachstums und der Teilung beibehalten kann, müssen die Stoffwechselreaktionen in geordneter Weise ablaufen. Die Grenzschicht muß daher aus einer Membran bestehen, die fähig ist, die benötigten Moleküle auszuwählen und diejenigen Moleküle abzugeben, die nicht mehr gebraucht werden.

Naturereignisse wie Wind, Regen usw. brachten Zellen aus einer Umgebung in eine andere. Manchmal war die chemische Zusammensetzung dieser neuen Umgebung anders, vor allem was die Konzentration der gelösten Stoffe betrifft, die wir wohl am besten als Osmolarität kennzeichnen. Es ist einleuchtend, daß die Selektion diejenigen Organismen begünstigte, die mit einer Änderung der Umgebung fertigwerden konnten. Da die ausgewogene Aufrechterhaltung von Stoffwechselreaktionen notwendig war, wäre es schlecht gewesen, wenn die selektiven Eigenschaften der Zellmembranen so beschaffen gewesen wären, daß sich die Zellen völlig wie ein Osmometer verhalten hätten. Wir können dies an Hand eines Beispieles erkennen. Wenn eine Zelle aus einer verdünnten Lösung in eine konzentrierte gelangt, so wollen wir annehmen, daß sich ihr Volumen auf die Hälfte verkleinert. Die Reaktionsgeschwindigkeiten kleiner Moleküle sind normalerweise dem Produkt ihrer Konzentrationen proportional. Das würde eine bis zu vierfache Zunahme dieser Reaktionsgeschwindigkeit bedeuten. Es ist etwas realistischer, bei sehr großen Molekülen in «Oberflächenaktivitäten» zu denken. Für große Moleküle werden die reaktionsfähigen Oberflächen in der Zelle eher von Bedeutung sein, als Konzentrationen. Diese Oberflächen wären von einer Volumenänderung der Zelle nicht betroffen. Die Reaktionsgeschwindigkeiten zwischen kleinen und großen Molekülen würden daher ungefähr zweimal so groß werden. Es wäre kaum mehr möglich, einen Ausgleich zwischen diesen beiden Reaktionsarten zu erreichen. So darf man annehmen, daß diejenigen Zellen in der Evolution erfolgreich waren, bei denen ein Mechanismus entstand, der es erlaubte, trotz einer Änderung der Osmolarität im Medium das Zellvolumen konstant zu halten. Eine Methode, um das zu erreichen, bestünde darin, die selektive Membran mit einem nicht selektiven, weitmaschigen Käfig ausreichender Stärke zu umgeben. Außerdem müßte sich der innere osmotische Druck so regeln lassen, daß er immer um einiges höher wäre als außen. Die selektive Schranke würde dann durch den hydrostatischen Druck gegen den umgebenden, weitmaschigen Käfig gedrückt. Wenn der äußere Druck stärker wäre als das Maschengitter, würde sich eine Katastrophe ereignen; wenn der Regulationsmechanismus innen keinen vernünftig höheren Druck zuließe, müßte das System sofort auch auf die kleinste innere Abnahme der Osmolarität reagieren, da sonst das System schrumpfen würde. Die Aufrechterhaltung einer geeigneten Druckdifferenz gäbe daher dem System Zeit, alle Änderungen – außer der künstlichen plötzlichen Änderung der Osmolarität des Mediums – zu beantworten.

Welche Substanz kommt nun für eine Zelle in Frage, um den inneren osmotischen Überdruck aufrechtzuerhalten? Aus «ökonomischen» Gründen sollte sie ein niederes Molekulargewicht haben. Damit ergeben sich zwei Möglichkeiten. Die Zelle könnte je nach Bedarf eine osmotisch wirksame Substanz herstellen oder sie abgeben oder polymerisieren, um die innere Osmolarität wieder zu senken. Diese Substanz müßte sich aber von den Nährstoffen oder Stoffwechselzwischenprodukten im Innern unterscheiden. Eine andere Möglichkeit wäre, daß die Zelle eine fertig verfügbare, inerte Verbindung hinaus- oder hineinpumpt, die je nach der Umgebung, in der sie gefunden werden kann, verschieden ist.

Die erste Möglichkeit fordert die Autonomie des regulierenden Mechanismus, scheint aber energetisch verschwenderisch zu sein, und der notwendige Schutz des osmotischen Agens vor dem Einbau in den Stoffwechsel würde ernste Schwierigkeiten bereiten. Ein weiterer Nachteil dieses ersten Vorschlages wäre, daß der osmotisch wirksame Stoff neutral sein müßte, weil die intrazelluläre Schaffung eines Kations die Produktion einer äquivalenten Menge an Anionen nach sich ziehen würde. Die zweite Möglichkeit ist besser, und zwar nicht nur deshalb, weil bei ihr überall vorhandene Mineralien verwendet werden können, sondern auch, weil der Regulationsmechanismus gut als Teil der selektiven Schranke angesehen werden kann. Damit würde er den Zugang und die Empfindlichkeit kontrollieren, und zwar sowohl gegenüber der Umgebung als auch gegenüber der Phase, deren Zusammensetzung reguliert werden muß.

Auf jeden Fall muß die Konzentration des osmotischen Agens in der Zelle auf eine Weise reguliert werden, daß auf kurzfristige Änderungen des Zellvolumens eine Reaktion erfolgt, die diese Änderung schnell wieder aufhebt. Wie kann das geschehen? Biochemische Empfindlichkeit gegenüber einer rein physikalischen Änderung des Zellvolumens kann man sich nur schwer vorstellen, aber eine annehmbare Alternative dazu bietet die Möglichkeit, daß das System gegenüber der Konzentration einer oder mehrerer Substanzen empfindlich ist. Diese Substanzen bestimmen die Reaktionsgeschwindigkeiten in der Zelle. Wir müssen jedoch berücksichtigen, daß es dabei Schwierigkeiten geben kann, die sekundäre Kontrollmechanismen erfordern, wenn die Konzentrationen dieser Regulationssubstanzen Änderungen unterworfen wären, die sich aus Gründen wie veränderter Verfügbarkeit der Nährstoffe im Medium ergeben. Aber wenn der Stoffwechsel veränderlich ist, sollte es dennoch möglich sein, solche Zwischenprodukte auszuwählen, die in einer Reihe von Stoffwechselwegen vorkommen. Substanzen wie ATP scheinen dafür in Frage zu kommen.

All diese Überlegungen sind spekulativ, weil über primitive Zellen nichts bekannt ist. Am besten betrachten wir das, was wir über heutige Mikroorganismen wissen. Obwohl es viele Lücken in der Beweisführung gibt, scheint es, daß die meisten Mikroorganismen keinen meßbaren Bedarf an Natrium haben, und es gibt Beweise, daß Bakterien durch den nach innen gerichteten Transport von K^+ aus dem Medium ungefähr ein konstantes Zellvolumen aufrechterhalten. Als Arbeitshypothese ist vielleicht die Vorstellung akzeptabel, daß das erste osmotische Agens, das im Lauf der Evolution ausgewählt wurde, K^+ war. (Damit muß der Gedanke aufgegeben werden, daß der primäre Prozeß wahrscheinlich die Protonenabgabe war, an die der K^+-Influx durch ein Gegentransportsystem gekoppelt ist.) Wie wir in Abschnitt 3.3 sehen werden, unterscheiden sich viele Tiere darin, daß ihre

Zellen Na^+ hinauspumpen, um das osmotische Gleichgewicht aufrechtzuerhalten.

3.3 Das Donnan-Prinzip und die Natrium-Pumpe

Die Zellen von Tieren, die Nieren besitzen, sind von einem flüssigen Medium umgeben, dessen Zusammensetzung durch das Zusammenspiel verschiedener Zellen und Gewebe kontrolliert wird. Ein Ergebnis davon ist, daß im allgemeinen kein osmotischer Unterschied zwischen den Zellen und ihrer Umgebung besteht. Darum ist es für die Zellen nicht nötig, daß sie von einem starken Maschengitter umgeben sind, welches einem Druckgradienten widerstehen kann. Dieser Abschnitt handelt davon, wie die Natrium-Pumpe für ein konstantes Zellvolumen sorgt, d. h. also für die Regulation des osmotischen Wertes, und wie sich mit ihrer Hilfe die Ionenverteilung, die in Abschnitt 2.3 behandelt wurde, verstehen läßt. Diese Darstellung (nach Conway) weist nachdrücklich auf das Donnan-Prinzip hin; in Abschnitt 5.2 und 5.3 wird näher auf die Anwendung dieses Prinzips eingegangen.

Ein Donnan-Gleichgewicht ergibt sich, wenn z. B. eine Lösung, die negativ geladene Proteine enthält, mit einer Salzlösung ins Gleichgewicht kommt. Eine semipermeable Membran hält dabei die Proteine zurück, während die Bestandteile der Salzlösung die Membran passieren können (Abb. 3.10 a). Es ist für die Einstellung des Gleichgewichtes notwendig, die Proteinlösung einem hydrostatischen Druck auszusetzen, der den Lösungsmittelfluß durch die Membran verhindert. Der osmotische Druck auf das System ist geringer als der der Proteinlösung, wenn sie gegen Wasser dialysiert wird. Die Verteilung der beweglichen Kationen und Anionen ist ungleich. Betrachtet man z. B. Na^+ und Cl^-, so gilt $[Na_i] / [Na_a] = [Cl_a] / [Cl_i]$, wobei i für Innen (die Innenseite enthält das Protein) und a für außen steht. Die quantitative Auslegung stützt sich auf zwei wichtige Prinzipien:

1. Daß die Elektroneutralität immer aufrechterhalten wird [15]. Potentialunterschiede von weniger als 1 Volt kommen vor, aber die ungleiche Ionenkonzentration, aus der sie herrrühren, ist analytisch nicht mehr meßbar.
2. Daß jede Komponente, die durch die Membran wandert, so verteilt ist, daß ihr chemisches Potential auf beiden Seiten dasselbe ist. (Bei beweglichen Ionen wird der Begriff «Komponente» mehreren Ionen zusammen zugeordnet, als ob sie Salze bilden würden.)

Das Donnan-Prinzip findet in der Biologie nur begrenzt Anwendung. Es kann verwendet werden, um die Zusammensetzung des Glomerulus-Filtrats (oder irgendeines Ultrafiltrats des Blutplasmas) zu berechnen, wenn man die Zusammensetzung des Blutplasmas kennt. Es gilt auch für das Verhältnis von [K^+] und [Cl^-] zwischen Zellen und Medium in der stationären Phase einer Bakterienkultur. Dennoch sind die beiden grundlegenden Prinzipien direkt auf dynamische Zustände anwendbar, z. B. auf die Chlorid-Wanderung in roten Blutkörperchen und, wie wir jetzt sehen werden, auf die Natrium-Pumpe.

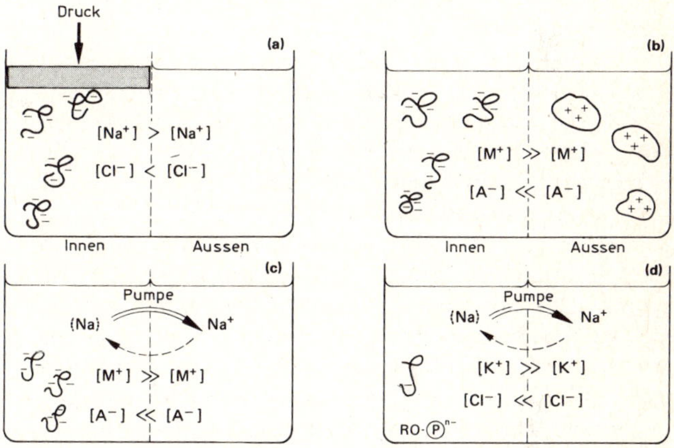

Abb. 3.10: Variationen des Donnan-Prinzips. Die gestrichelten Pfeile zeigen den Verlust durch Lecks in der Membran an. RO—Ⓟ$^{n-}$ steht für Phosphatester. Einzelheiten im Text

Als einführendes Modell wollen wir ein doppeltes Donnan-Gleichgewicht (Abb. 3.10 b) betrachten, bei dem Polyanionen und Polykationen durch eine Membran, die für sie undurchlässig ist, voneinander getrennt sind. Die permeierenden Ionen M^+ und A^- sind ungleicher verteilt, als wenn eines der Polyionen fehlen würde. Es können Konzentrationen für die Polyionen ermittelt werden, bei denen kein hydrostatischer Druckunterschied angewendet werden muß, um das Gleichgewicht aufrechtzuerhalten. Das vorher erwähnte Grundprinzip kann auch anders dargestellt werden: die ungleiche Verteilung der Ionen stammt aus der asymmetrischen Verteilung der «festen Landungen», die an den Polyionen sitzen. Diese Asymmetrie wird in diesem Fall durch die Impermeabilität der Membran für diese Ionen verursacht. Aber eine Ladungsasymmetrie, die einen Donnaneffekt hervorruft, könnte auch ohne Membran entstehen. Man kann z. B. die Scheiben zweier Gele, die mit Salzlösung getränkt wurden, nebeneinanderstellen. Dabei kann dann das ineinander verflochtene, polymere Material des einen Gels anionisch und das andere kationisch sein. In diesen beiden Beispielen wird die grundlegende Asymmetrie auf verschiedene Weise aufrecht erhalten, aber die sich daraus ergebende Verteilung der beweglichen Ionen kann gleich sein. Es wäre gleichermaßen auch möglich, eine Asymmetrie der Kationenverteilung und somit eine «doppelte Donnan-Verteilung» (die kein Gleichgewicht darstellt, sondern ein Fließgleichgewicht) wie in Abb. 3.10 c herzustellen. Dazu müßte das Polykation weggelassen und in der Membran ein Mechanismus eingeschaltet werden, der Na^+-Ionen in das rechte Kompartiment pumpt, wo sie eine Konzentration erreichen würden, bei der der Verlust nach links gleich groß ist wie die Menge, die nach rechts gepumpt wird. Als Ergebnis dieser von Stoffwechselprozessen aufrechterhaltenen Asymmetrie entspräche die Verteilung der permeierenden Ionen M^+ und A^- einer Donnan-Verteilung. Beim Entwurf eines Modells für die Zelle (Abb. 3.10 d) haben wir aber zu beachten, daß die Menge der Polyanionen in der Zelle bei weitem nicht ausreicht, um die wirksamen, «festen, negativen Ladungen» zu stellen, die meist aus Phosphatestern mit einem niederen Molekulargewicht bestehen. Diese Phosphatester werden durch «vektoriellen Stoffwechsel» in der Zelle zurückgehalten. Um die Gültigkeit dieses Modells zu prüfen, sollen die Verhältnisse aus den Daten in Tab. 2.2 für den Muskel errechnet werden. Die Donnan-Verteilung wird durch folgende Verhältnisse angegeben: $[Cl_a] / [Cl_i] = 23{,}8$; $[K_i] / [K_a] = 23{,}8$ und $[HCO^-_{3a}] / [HCO^-_{3i}] = 20{,}3$. Man darf mit Recht vermuten, daß das Bicarbonat-Verhältnis langsam abnimmt, weil in der Zelle laufend CO_2 produziert wird. Dadurch würde verhindert, daß das Bicarbonat seine Gleichgewichtsverteilung erreicht. Die (in gleicher Weise ausgedrückten) Verhältnisse für zwei andere Ionen weisen darauf hin, daß die Produktion aus dem Stoffwechsel einen größeren Einfluß auf die Ionenverteilung hat; das Lactat-Verhältnis beträgt 0,33, wobei man annehmen darf, daß die Membran für dieses große Ion ziemlich undurchlässig ist und daher ein beträchtlicher Konzentrationsunterschied erforderlich ist, um den Efflux zu bewirken; das H^+-Verhältnis von ungefähr 5 (ermittelt mit Glaselektroden und anderen Methoden) weist auf die Verdrängung von Protonen durch den Stoffwechsel hin. Betrachtet man die Aminosäuren der Tab. 2.2, so müssen sie im allgemeinen leicht negativ geladen sein (wie die Muskelproteine). Ihr gemitteltes Verhältnis von ungefähr 0,1 beweist, daß sie wegen der Natrium-Pumpe keiner Donnan-Verteilung unterliegen; vermutlich hängt ihre Verteilung von vektoriellen Stoffwechselvorgängen ab. Wenn die zweiwertigen Kationen donnan-verteilt sind, sollte ihr Verhältnis das Quadrat des K^+-Wertes betragen. Folglich bringen die Zahlen der Tabelle die oben erwähnte Vereinfachung des Modells in Erinnerung. Das Modell berücksichtigt nicht das im Zellplasma eingeschlossene Calcium sowie den biologisch wichtigen Chelatkomplex, den das Mg^+-Ion mit ATP und anderen Phosphatestern bilden kann. Kurz gesagt können wir uns vorstellen, daß der große Anteil an intrazellulär gebundenem Ca^{2+} und Mg^{2+} den Anteil der «festen, negativen Ladungen» senkt, der also von Phosphatestern und sehr wahrscheinlich von anderen impermeablen Polyanionen gebildet wird. Dieser Anteil ist in der Tabelle nicht berücksichtigt. Da keine Beweise vorliegen, daß die kationischen Dipeptide Anserin und Carnosin gebunden werden, können wir annehmen, daß sie zum intrazellulären osmotischen Druck beitragen, aber auch den Anteil an «fester, negativer Ladung» senken.

Mit dem Modell können auch quantitative Vorhersagen getroffen werden (Abschnitt 5.3). Wenn m die extrazelluläre Natriumkonzentration ist, p die Konzentration an «festen» intrazellulären Ionen und n ihre mittlere negative Ladung, so wird kein osmotischer Druckunterschied ($\Delta\pi$) zwischen der Zelle und der Gewebeflüssigkeit herrschen, wenn $p = np = m$. (Dies ist die einfachste Bedingung für $\Delta\pi = 0$, aber nicht die einzige.) Genauer gesagt (wenn dies auch ein wenig spekulativ ist) weisen die Berechnungen darauf hin, daß die Daten mit $m \approx p$ und $n \approx 1$ (oder vielleicht einem etwas größeren Wert) übereinstimmen, womit das Modell recht gut bestätigt wäre.

In einer weiteren Untersuchung soll darauf eingegangen werden, wie das Modell und das biologische System auf andere Bedingungen reagieren. Boyle und Conway [3] betrachteten (schon bevor das Modell der Natrim-Pumpe aktuell geworden war) in einem klassischen Versuch die Donnan-Verteilung in Muskeln. Wenn sie der Ringer-Lösung, in der sich der Muskel befand, weiteres KCl zufügten, so wanderte KCl in den Muskel ein, um die Konzentrationsverhältnisse der Ionen wieder ins Gleichgewicht zu bringen. Als Folge der Wanderung des gelösten Stoffes drang auch Wasser in den Muskel ein und ließ ihn anschwellen. Die quantitative Übereinstimmung zwischen Theorie und Experiment war sehr befriedigend. Man darf erwarten, daß Stoffwechselinhibitoren oder Kühlung des Muskels die Aktivität der Natrium-Pumpe herabsetzen und darum ein osmotisches Ungleichgewicht verursachen. Das führt dazu, daß Wasser in die Zellen eindringt. Leaf [23] zeigte, daß dann nach der Hypothese der «doppelten Donnan-Verteilung» eine Wanderung von unentbehrlichem NaCl in die Zelle zu erwarten ist, bis der osmotische Druck wieder ausgeglichen ist. Das stimmte mit den experimentellen Befunden überein. Die Experimente von Hodgkin und Horowicz [21] waren ein weiterer, biophysikalischer Beitrag. Sie untersuchten, wie schnell das Membranpotential von einzelnen Muskelfasern auf die extrazelluläre Zugabe von K^+ reagierte, noch bevor sich die Konzentration an $[K_i]$ wahrnehmbar verändert hatte: bei $[K_a] > 10$ mM stimmten die experimentellen Ergebnisse sehr gut mit der elektrochemischen Vorhersage aus der Nernstschen Gleichung überein:

$$E_m = \frac{RT}{F} \ln [K_i]/[K_a]$$

Diese Beziehung beruht auf der Folgerung, daß die Membran der Muskelfasern für K^+ viel durchlässiger ist als für Na^+. Das ist biologisch gut einzusehen, da die Natriumpumpe fähig sein muß, diese große Asymmetrie bei einem vernünftigen Energieverbrauch aufrechtzuerhalten. Die Herkunft und die Bedeutung der Bioelektrizität wird in Abschnitt 4.1 behandelt.

Die Vorhersage, daß $\Delta\pi = 0$, wenn $p = np = m$, läßt vermuten, daß das osmotische Gleichgewicht auch bei unterschiedlichen Stoffwechselbedingungen (und Umsatzraten) aufrecht erhalten werden kann. Voraussetzung dafür ist, daß das Verhältnis der von der Natriumpumpe transportierten Stoffmenge und des Phosphatesterpools konstant gehalten wird. Wir können uns fragen, ob diese beiden Systeme auf denselben Stoffwechselparameter (z. B. [ATP] / [ADP]) reagieren und ob sie sich vielleicht einen Regulationsmechanismus teilen. Für eine solche Kopplung sprechen folgende Beweise: die NA/K-aktivierte ATPase konnte isoliert werden; es wurde entdeckt, daß sie mit der Natriumpumpe identisch ist und daß sie auf das [ATP]/[ADP]-Verhältnis empfindlich reagiert. Das Modell muß noch durch die Feststellung ergänzt werden, daß ein mechanistischer Zwang (Gegenstrom) besteht, demzufolge der Na^+-Pumpmechanismus mit einem K^+-Influx chemisch gekoppelt ist. Dieser Zwang ergibt sich sowohl aus den Donnan-Bedingungen als auch aus allgemeinen elektrochemischen Überlegungen.

Untersucht man die thermodynamischen Konsequenzen, die sich aus dem Postulat einer Natriumpumpe ergeben, semiquantitativ, so lassen sich damit die Hauptmerkmale der Ionenverteilung zwischen Zellen und Gewebeflüssigkeit bei Vertebraten erklären.

3.4 Selektivität für Kationen

Die Größe der nicht hydratisierten Alkalikationen nimmt mit steigender Ordnungszahl zu, während die Größe der hydratisierten Ionen mit steigender Ordnungszahl abnimmt (obwohl die Radien der Hydrathülle nicht genau bekannt sind). Das kann mit dem sehr einfachen, physikalischen Prinzip erklärt werden, daß das elektrische Feld an der Oberfläche einer Kugel der Ladung je Flächeneinheit proportional ist und eine bestimmte minimale Energie für die Wechselwirkung zwischen dem elektrischen Feld und den Wasser-Dipolen für die Hydratation erforderlich ist. Folglich bleiben um so mehr Wassermoleküle am Ion haften, je größer das Feld an der Oberfläche des Ions ist. Obwohl dies seit langem bekannt ist, glaubten viele Biologen und auch Chemiker, daß ein so einfaches Prinzip kaum die Ursache dafür sein konnte, daß die Alkalikationen bei vielen chemischen und biologischen Systemen spezifisch reagieren. Die Frage nach den Selektionskriterien zwischen Alkalikationen wurde von Eisenmann und seinen Mitarbeitern sowohl in physikalisch-chemischen als auch in biologischen Systemen gründlich untersucht. Um biologische und andere Messungen zu erleichtern, konstruieren sie zunächst Glaselektroden, die außer im stark sauren pH-Bereich gegen pH-Änderungen unempfindlich waren. Dafür reagierten sie aber auf Alkalikationen, von denen normalerweise eine Ionenart im Medium überwiegt. Zwei Grenzfälle der Selektivitätsreihen konnten ermittelt werden (Tab. 3.3). Im Fall I nehmen die nicht hydratisierten Radien ab, und im Fall XI, der entgegengesetzten Reihe, nehmen die hydratisierten Radien ab. Obwohl es logischerweise 120 mögliche Selektivitätsreihen (einschließlich der beiden genannten) geben muß, konnten in der Praxis nur 11 beobachtet werden, und diese 11 sind in Tabelle 3.3 aufgeführt. Das lag sicher nicht nur daran, daß die Glaselektroden nicht empfindlich genug waren, denn dieselben 11 Fälle wurden auch bei Ionenaustauscherharzen gefunden. Eisenman konnte der biologischen Literatur entnehmen, daß (mit einer kleinen Komplikation) dieselben Selektivitätsreihen bei zahlreichen, gut untersuchten, biologischen Phänomenen auftauchten. Tabelle 3.4 zählt einige dieser Systeme auf. Eisenmanns quantitative Befunde werden hier qualitativ wiedergegeben. Er trug (als freie Enthalpie) die relative Affinität des Ions zur Lösung anstelle zum Ionenaustauscher gegen den Wirkkreis der negativen Ladungsstellen auf. Wird dies schematisch für drei Ionen gemacht (Abb. 3.11), so

Tab. 3.3. Selektivitätsreihen für Kationen

I	Cs > Rb > K > Na > Li
II	Rb > Cs > K > Na > Li
III	Rb > K > Cs > Na > Li
IV	K > Rb > Cs > Na > Li
V	K > Rb > Na > Cs > Li
VI	K > Na > Rb > Cs > Li
VII	Na > K > Rb > Cs > Li
VIII	Na > K > Rb > Li > Cs
IX	Na > K > Li > Rb > Cs
X	Na > Li > K > Rb > Cs
XI	Li > Na > K > Rb > Cs

Tab. 3.4. Biologische Beispiele für die Selektivität von Kationen

III	Ionenaustausch bei lebender Chlorella
IV	Flux im Schneidermuskel des Frosches
VI	Rezeptorstimulation bei der Schmeißfliege
IX	Aktionspotential beim Tintenfisch
X	Permeabilität der Froschhaut von der Außenseite her
XI	Kationenbindung von DNA und RNA

Die römischen Zahlen verweisen auf die Selektivitätsreihen der Tab. 3.3.

steigen die Kurven bei abnehmender Feldstärke unterschiedlich stark an und schneiden sich deshalb an verschiedenen Punkten. Jeder Schnittpunkt stellt eine Übergangsstelle zwischen einer Selektivitätsreihe und der nächsten dar: wenn die Feldstärke der Anionen zunimmt, ändern sich die Selektivitätsreihen von I bis XI (Tab. 3.3). Die Darstellung beschreibt den elektrostatischen

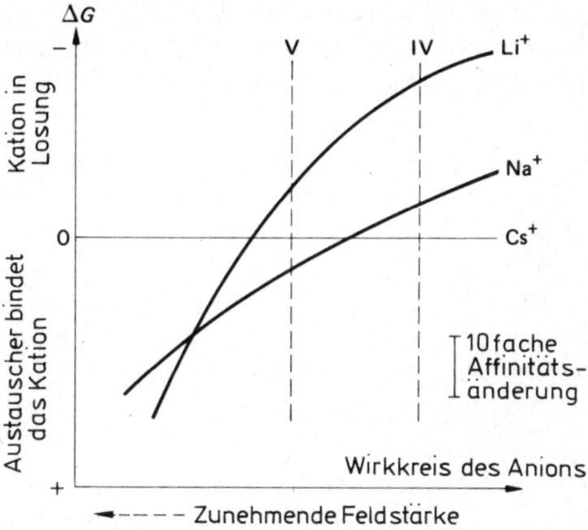

Abb. 3.11: Schematisches Diagramm, welches die Affinität von Li^+ und Na^+ zur Lösung im Vergleich zu Cs^+ zeigt. Die Selektivitätsreihe (s. Tab. 3.3) wechselt bei 2 Feldstärken (gestrichelte Linien)

Wettbewerb von Wasser (einem polaren Molekül) und der negativen Ladungsstelle um Ionen unterschiedlicher Größe. Die elektrostatische Anziehungskraft des Ions zu diesen Ladungsstellen ist umgekehrt proportional zum Quadrat der Entfernung der Zentren von Ion und Ladungsstelle. Dagegen sinkt die Anziehungskraft zwischen einem Ion und Wasser bei zunehmendem Abstand sehr viel schneller; sie ist umgekehrt proportional zu einem Wert, der zwischen der dritten und vierten Potenz der Entfernung liegt. Wenn man also zwei Ionen miteinander vergleicht, die am Übergang zwischen zwei Selektivitätsreihen bei steigender Feldstärke die Plätze tauschen, so wird zuerst das größere Ion seine Hydrathülle zugunsten der negativen Ladungsstelle verlieren, weil seine Hydrathülle weniger fest als die eines kleineren Ions gebunden ist.

Was können wir aus dieser Theorie folgern? Die Feldstärke eines Ionenaustauschers kann auf zwei Arten erhöht werden: entweder durch eine engere Anordnung der Ladungsstellen bei konstanter Oberfläche oder durch die Verkleinerung des Radius des Harzes bei gleicher Ladungsstellenanzahl. Ein Anstieg der Feldstärke des Anions ist mit der Zunahme des pK-Wertes gekoppelt; d. h. die weniger sauren Ladungsstellen haben höhere Feldstärken. Es ist sogar möglich, den pK einer Ladungsstelle mit der Selektivitätsreihe in Beziehung zu setzen. Damit gewinnt man eine Vorstellung über die Größe der Ladungsstellen, zumal wohlbekannt ist, daß das elektrische Feld um eine Säuregruppe ihren pK beeinflußt. Ein Beispiel für die Gültigkeit dieser Theorie lieferten Diamond und Wright; sie untersuchten den pK von Gruppen, die die wäßrigen Kanäle der Gallenblase von Kaninchen begrenzen. Bei einem Experiment fand man, daß ihr pK bei 3 lag, was größenordnungsmäßig dem pK-Wert von Carboxylgruppen entspricht. Nimmt man an, daß die Ladungsstellen «unendlich» verteilt sind, so stimmt die vorhergesagte Selektivitätsreihe mit der überein, die aus völlig anderen Experimenten mit demselben Gewebe ermittelt wurde.

Leider ist diese Theorie für Protonen nicht anwendbar. Es fehlt auch ganz einfach die Möglichkeit, die Selektivität für Protonen experimentell zu bestimmen.

Bedeutsam ist auch, daß die biologische Selektivität eng mit der von nicht lebenden Systemen in Beziehung steht (für diese Systeme lassen sich die grundlegenden Prinzipien quantitativ verwirklichen). Damit kommen wahrscheinlich dieselben Prozesse, also Gleichgewichtseinstellungen von Ionen mit Ladungsstellen, in sehr verschiedenen, komplexen, biologischen Systemen vor. Die einzelnen Schritte, wie z. B. die Translokationsraten von beladenen Carriern, sind dann je nach dem biologischen System verschieden und werden von der Wahl des Kations kaum beeinflußt. Es wäre auch ein völlig anderes Modell entstanden, wenn diejenigen Schritte, bei denen ein bestimmtes Kation bevorzugt wird, die biologisch geschwindigkeitsbestimmenden Schritte sein sollten.

Literatur

Mitchell, P. (1967), in Florkin, M. and Stotz, E. H. Comprehensive Biochemistry. Vol. 22, Chapter IV. Elsevier, Amsterdam. Ein Über-

blick über den gerichteten Stoffwechsel mit vielen nützlichen Informationen.
Smith, H. W. (1953, reprint 1961), From fish to philosopher. Doubleday, New York. Der Salz- und Wasserhaushalt beeinflußt vom prähistorischen Fisch bis zum Finger eines Pianisten alles.
Edsall, J. T. and Wyman, J. (1958), Biophysical Chemistry, Academic Press, New York. Kapitel 1 zeigt den geochemischen Hintergrund der Biologie.
Ruch, T. C. and Patton, L. D. (1965), Physiology and Biophysics. Saunders, Philadelphia. Die Kapitel 1, 2 und 43 behandeln den Ionentransport im allgemeinen und den Ionentransport in Nerven und Nieren.
Eisenman, G. (1965), in 23rd International Congress of physiological Sciences, page 489, Excerpta Medica Foundation, Amsterdam. Ein Überblick über die biologische Literatur hinsichtlich der Kationenselektivität.

4 Experimente zum Mechanismus

4.1 Die Bedeutung der Bioelektrizität

An Membranen sind normalerweise bioelektrische Potentialunterschiede meßbar, die für den Ionenfluß einige Bedeutung haben. Sie wurden aber bisher in diesem Buch kaum erwähnt. Ein Grund dafür ist, daß viele Studenten durch eine Art «Henne oder Ei-Argument» darüber verwirrt werden, ob die Potentialdifferenz* zuerst errichtet wird und den Ionenflux nach sich zieht, oder ob andrerseits ein biochemisch bewirkter Ionenflux die Pd. zur Folge hat. Weil der Ionenflux ganz gut erklärt werden kann, ohne auf diese Frage näher einzugehen, wurde dieses Problem bisher umgangen. Der Leser könnte daraus vielleicht schließen, daß die zweite Möglichkeit der Wahrheit näher kommt. Aber dieser Schluß ist nicht gerechtfertigt. Er mag aus einem Mißverständnis der Elektrochemie entstanden sein: jegliche Trennung der elektrischen und chemischen Vorgänge, die an diesem System beteiligt sind, ist willkürlich. Bei elektrochemischen Prozessen handelt es sich um «chemische» Zustandsände-

* wird ab jetzt als Pd. abgekürzt.

rungen, bei denen ein Ladungstransport vorkommt. Sowohl die elektrischen als auch die chemischen Vorgänge müssen dabei beschrieben werden. Und in der Tat berücksichtigen wir ja auch beide Prozesse, wenn wir eine Gleichung wie $\Delta G = -nFE$ für ein galvanisches Element benutzen (siehe Abschnitt 5.1). Bei einer Gleichung werden gleichzeitig zwei Arten, eine Sache zu betrachten, quantitativ zusammengefaßt; in diesem Fall behandelt die linke Seite die Gleichung die chemischen und die rechte Seite die elektrischen Vorgänge. In der biochemischen Thermodynamik werden zum experimentellen und didaktischen Vorteil stets beide Vorgänge berücksichtigt. Bis jetzt haben wir uns auf die Betrachtung der freien Enthalpie beschränkt, aber da die Physiologie der Einzelzelle stark von der Pd. beeeinflußt wird, sollten wir sehen, ob uns die Untersuchung der elektrischen Prozesse nicht einen tieferen Einblick in das biologische Transportgeschehen geben kann.

An biologischen Membranen können Pd. mit Hilfe entsprechender Elektroden gemessen werden. Die Meßelektrode ist meistens eine unveränderbare Mikroelektrode, die aus einer dünnen Glaskapillare mit einer scharfen Spitze besteht. Sie kann in die Zellen eingeführt werden und ist mit konzentrierter KCl-Lösung gefüllt, stellt also eine Salzbrücke dar, die das Innere der Zelle mit einer Kalomelelektrode verbindet. Die Bezugselektrode ist normalerweise größer und im allgemeinen eine Kalomel- oder Silber/Silberchlorid-Elektrode. Das galvanische Element besteht aus diesen beiden Elektroden, die durch das zu untersuchende Objekt miteinander verbunden sind. Die Bezugselektrode wird so ins Gewebe oder das Medium getaucht, daß sie während des Experiments unbeeinflußt bleibt. Das ist darum wichtig, weil nur eine Gesamt-Pd. gemessen werden kann. Der Anteil einer Pd., die zwischen der Bezugselektrode und dem wäßrigen Medium entsteht, in das sie eintaucht, kann nicht bestimmt werden. In der Praxis kann nach allem, was wir über die Elektrochemie wissen, eine invariable Bezugselektrode gewählt werden. Die unbekannte Pd. kann ermittelt werden, wenn die Zelle mit einem Potentiometer verbunden wird, das als Quelle einer experimentell variablen (aber stabilen) und meßbaren Pd. dient. Diese Pd. wird dann so abgeglichen, daß der Strom in dem Stromkreis, der das Potentiometer mit der Zelle verbindet, Null wird. Die beiden Potentialdifferenzen sind dann gleich groß. Moderne Potentiometer wie z. B. das wohlbekannte pH-Meter, entziehen der Zelle während des Meßvorgangs einen vernachlässigbar geringen Strom. Die Polarität der Meßelektrode im Verhältnis zur Bezugselektrode kann im Experiment leicht gemessen werden. Die Art, wie die Ergebnisse aufgezeichnet werden, ist eine Frage der Übereinkunft. In diesem Buch hat das Membranpotential das Vorzeichen der Bezugselektrode in der Außenlösung. Elektrophysiologen, die minimale Potentialdifferenzen gegen die Zeit auf Oszillographen wiedergeben, richten sich normalerweise nach einer anderen Übereinkunft; der Leuchtpunkt wandert nach oben, wenn das intrazelluläre Potential positiver wird.

Einige Elektroden sind in bezug auf eine einzige Ionenart reversibel. Mit ihnen läßt sich daher ein Potential gegen die Lösung messen, das nur von der Konzentration dieser Ionenart abhängt. Z. B. ist die Ag/AgCl-Elektrode für Chlorid reversibel. Dagegen ist die Kalomelektrode in bezug auf Chlorid nicht reversibel, obwohl sich in der Salzbrücke der Kalomelelektrode eine Chloridlösung befindet. Ihre Unempfindlichkeit gegen die Chloridkonzentration und die Konzentration von anderen, biologisch häufig vorkommenden Ionen ist denn auch ein Grund für ihren weiten Anwendungsbereich. Die Ursache für diese Unempfindlichkeit ist sehr interessant. Natürlich ist die Pd. zwischen dem Kupferanschluß und der KCl-Lösung unveränderbar, so daß jede Änderung der Pd. von der Spitze der Glaselektrode herrührt. Besteht nun an dieser Spitze eine Pd.? Bevor wir diese Frage beantworten, wollen wir einmal annehmen, daß die Elektrode anstelle mit KCl mit einer konzentrierten NaCl-Lösung gefüllt ist. Bekanntlich ist die Wanderungsgeschwindigkeit von Na^+ in Lösung geringer als die von Cl^-. Na^+- und Cl^--Ionen diffundieren entlang ihrem Konzentrationsgradienten aus der Elektrodenspitze heraus. Weil nun die Cl^--Ionen schneller wandern als die Na^+-Ionen, baut sich eine Pd. auf. Das sich daraus ergebende elektrische Feld beschleunigt die Na^+-Ionen und bremst die Cl^+-Ionen. Darum erscheint der Vorgang der Diffusion nach außen hin elektroneutral. An der Grenzfläche der Lösungen zueinander tritt jedoch eine elektrisch meßbare Pd. auf. Verwendet man aber für die Salzbrücke eine KCl-Lösung, so haben K^+ und Cl^- die gleichen Wanderungsgeschwindigkeiten, so daß keine Pd. an der Spitze der Elektrode entsteht. Es gibt nur eine Möglichkeit, wie an der Spitze der Elektrode eine Pd. entstehen könnte. Sie bestünde darin, daß die Lösungskomponenten auf die Beweglichkeit von K^+ und Cl^- unterschiedlich einwirken. Es gibt so gut wie keinen Beweis für solche Einwirkungen.

Wir befassen uns hier mit elektrochemischen Zellen, in denen zwei Lösungskompartimente durch eine Membran voneinander getrennt sind. Wir können uns nun vorstellen, daß sich die elektromotorische Kraft* in einem solchen Fall aus drei Komponenten zusammensetzt. Diese wären die beiden Potentialdifferenzen zwischen den Elektroden und dem Medium sowie die Pd. der Membran. Da es unmöglich ist, die gemessene EMK in diese drei Komponenten zu zerlegen, werden normalerweise folgende Annahmen gemacht. Wenn die beiden Lösungen und die beiden Elektroden identisch sind, entspricht natürlich die gemessene Pd. der Pd. der Membran (dieses Prinzip liegt dem klassischen Experiment mit der Froschhaut in Abschnitt 2.2 zugrunde). Wenn aber die Lösungen, wie bei fast allen biologischen Systemen, nicht gleich sind, so wollen wir unter diesen Fällen den einfachsten, nämlich den eines Membransystems mit Donnanverteilung herausgreifen (Abb. 3.10 und 5.1). Wenn ein Paar Ag/AgCl-Elektroden eingesetzt werden, könnte keine Pd. gemessen werden, denn das gesamte elektrochemische System befindet sich im Gleichgewicht. Darum gilt $\Delta G = -FE = O$. Wenn aber andrerseits die «biologische» Technik angewandt wird, daß zwei Kalomelelektroden verwendet werden, die von den unterschiedlichen Cl^--Konzentrationen auf beiden Seiten unbeeinflußt bleiben, so läßt sich das Membranpotential E_m messen. Experimentelle Untersuchungen zeigen, daß E_m mit der Nernstschen Gleichung beschrieben werden kann:

$$E_m = \frac{RT}{F} \ln \frac{[Na_i]}{[Na_a]} = \frac{RT}{F} \ln \frac{[Cl_a]}{[Cl_i]} \qquad 4.1$$

Diese Gleichung drückt in einfacher Form die freien Enthalpiebedingungen für den Gleichgewichtszustand (siehe Abschnitt 3.3 und 5.2) in verschiedener Weise aus. Bei der Diskussion des Modells der doppelten Donnan-Verteilung für die Ionenverteilung zwischen einer Zelle und ihrer Umgebung wurde angedeutet, daß eine ähnliche Gleichgewichtsbedingung auch auf diffundierende Ionen angewendet werden könnte. Solche Ionen bleiben bei ihrer Passage durch die Membran chemisch unverändert. Also

* wird ab jetzt als EMK abgekürzt.

kann man die Nernstsche Gleichung in folgender Form auf das Modell anwenden:

$$E_m = \frac{RT}{F} \ln \frac{[K_i]}{[K_a]} = \frac{RT}{F} \ln \frac{[Cl_a]}{[Cl_i]} \qquad 4.2$$

Die linke Seite der Gleichung wurde für Muskel- und andere Gewebe getestet. Die Untersuchung erfolgte am besten durch eine schnelle Änderung der extrazellulären K^+-Konzentration, wobei E_m gemessen wurde, bevor sich $[K_i]$ wahrnehmbar geändert hatte: trägt man E_m gegen $[\ln K_a]$ auf, so ergab sich in einem großen Bereich von $[K_a]$ (ca. 10 mM) eine Gerade. Für die Gültigkeit der rechten Seite der Gleichung wurde schon in nicht logarithmischer Form ein Beispiel erbracht, und diese Beziehungen sind von Boyle und Conway ausreichend überprüft worden. Dies scheint ein sehr befriedigendes Ergebnis darzustellen, und man könnte sich damit das Modell als bewiesen vorstellen. Aber wir wollen nun einmal das grundlegende Postulat für das Modell aus elektrischer Sicht neu formulieren: Die Na-Pumpe könnte einen nach außen gerichteten elektrischen Strom (von Na^+-Ionen) in der Membran schaffen. Dieser Strom führt zu einer Pd., und diese Pd. begünstigt die Rückdiffusion des Na^+ in die Zelle. Er ist somit für die Verteilung der K^+- und Cl^--Ionen verantwortlich. So betrachtet, muß der Vorgang weiter untersucht werden, bis Beweise anderer Art für das Modell erbracht worden sind.

Die grundlegenden Prinzipien der Bioelektrizitätsmessung dienten ziemlich lange als Hilfe für das Verständnis, wie Pd. entstehen und wie sie gemessen werden können. Die biologische Membran ist elektrisch geladen, und sie wird darum für die Aufnahme von Kationen und Anionen unterschiedliche Selektivität aufweisen (siehe Abschnitt 3.4 und 5.2). Deshalb sollte auch die Permeationsgeschwindigkeit für Kationen und Anionen durch die Membran bei einem vorgegebenen elektrochemischen Potentialgradienten unterschiedlich sein. Bei elektrischen Messungen an biologischen Membranen sind oft Beweise für solche Unterschiede in der Ionenpermeabilität erbracht worden. Wir haben gesehen, daß ein Phasengrenzpotential bei der Salzdiffusion aus einer Elektrodenspitze entsteht, wenn die Wanderungsgeschwindigkeit der Ionen unterschiedlich ist. Es ist selbstverständlich, daß ähnliche Potentialdifferenzen entstehen werden, wenn Ionen, die durch eine Membran diffundieren, in derselben unterschiedlich beweglich sind. Damit erhebt sich die Frage, (die lange ein Ge-

genstand physiologischer Kontroversen war), ob das Modell der doppelten Donnan-Verteilung für die Ionenverteilung zutrifft? In diesem Modell hat die Ionenpumpe bestimmte elektrische Eigenschaften, d. h. sie verursacht die Wanderung von ionischer Ladung, ohne diese chemisch mit der Wanderung anderer Kationen und Anionen zu koppeln. Die Ionenpumpe trägt auf diese Weise direkt zum Membranpotential bei. Eine Alternative wäre das Modell einer elektroneutralen Pumpe, bei der die nach außen gerichtete Bewegung eines Na^+-Ions chemisch mit der Einwanderung eines K^+-Ions gekoppelt ist. Diese Pumpe schafft eine asymmetrische Verteilung der Kationen und läßt dadurch Konzentrationsunterschiede entstehen. Darum führt die Diffusion der Kationen durch die Membran zum Aufbau einer Pd., die dann wiederum die Bewegung der Anionen beeinflußt. Es ist unmöglich, die Pd., die sich aus diesem Modell ergibt, vorherzubestimmen. Wenn aber die Ionenkonzentration im Fließgleichgewicht sowie die Permeabilität P für die Ionen aus Experimenten bekannt ist, so läßt sich das ungefähre Membranpotential mit der Goldmanschen Gleichung [19] angeben (aber nur unter der Annahme, daß die Pumpe elektroneutral ist):

$$E_m = \frac{RT}{F} \ln \frac{P_K[K_i] + P_{Na}[Na_i] + P_{Cl}[Cl_a]}{P_K[K_a] + P_{Na}[Na_a] + P_{Cl}[Cl_i]}$$

Unter normalen physiologischen Bedingungen, bei denen $P_K \approx P_{Cl} > P_{Na}$ gilt, erbringt diese Gleichung näherungsweise dieselben Ergebnisse wie die Nernstsche Gleichung. Bei jeder Gleichung müssen anstelle von Aktivitäten notgedrungen Konzentrationsangaben gemacht werden. Aus diesem Grund und auch wegen der oben genannten Annahmen bei der Goldmanschen Gleichung stellt ein Vergleich des experimentell ermittelten Membranpotentials mit dem errechneten E_m-Wert keinen Test dar, mit dessen Hilfe das Modell einer Pumpe mit elektrischen Eigenschaften von einem elektroneutralen Modell für die Pumpe unterschieden werden kann.

Eine andere Testmöglichkeit besteht darin, die Zelle oder das Gewebe mit Na^+ anzureichern und dann die Reaktion des Membranpotentials auf eine Netto-Flux-Situation zu beobachten. Diese kommt zustande, wenn die Zelle wieder in normales Medium überführt wird. Es folgt (vereinfacht dargestellt), daß eine Pumpe mit elektrischen Eigenschaften das Membranpotential ansteigen lassen würde, während sich der Na^+-Gehalt ändert, um den

Austausch des Na^+ mit einem erhöhten Influx von K^+ sicherzustellen. Dagegen würde die elektroneutrale Pumpe ein niedrigeres Membranpotential aufrechterhalten, das dem unter normalen Bedingungen ungefähr gleicht. Dieses Membranpotential wäre beinahe vollständig von der K^+- und Cl^--Verteilung bestimmt, da der P_{Na}-Wert recht niedrig ist. Adrian und Slay unternahmen wegweisende Experimente in dieser Richtung. Sie fanden, daß die Na-Pumpe im Froschmuskel bei einem bestimmten Rubidium-Medium (Rb^+ ersetzte K^+) sicher elektrische Eigenschaften hat. Auch in normalem K^+-Medium gab es Hinweise auf solche elektrischen Eigenschaften, aber eine gewisse chemische Kopplung des K^+- und des Na^+-Fluxes konnte nicht ausgeschlossen werden. Ein noch besseres Beispiel stammt von Slayman [37]. Auch er vergleicht gemessene Membranpotentiale mit dem aus der Goldmanschen Gleichung zu erwartenden Potential. Er beweist die Anwesenheit von Protonpumpen mit elektrischen Eigenschaften in Mikroorganismen.

Ein weiterer Hinweis auf die elektrischen Eigenschaften der Na-Pumpe stammt aus einem eleganten Experiment von Thomas [39] mit großen Neuronen der Schnecken. Er konnte gleichzeitig 5 Elektroden in ein Neuron einführen: eine Elektrode, um das Membranpotential zu messen; eine Elektrode, um das Membranpotential konstant zu halten (d. h. der Membran werden Spannungsänderungen aufgezwungen, die durch elektronische Rückkopplung das Potential der Membran konstant halten, während der Strom gemessen wird – vergleiche Abschnitt 2.2); zwei Elektroden, mit denen durch Ionophorese Salz injiziert wurde, wobei die Salzmenge elektrisch gemessen wurde; und schließlich noch eine ionenselektive Elektrode, um die intrazelluläre Na^+-Konzentration zu messen. In Versuchen ohne die Elektrode mit elektronisch geregeltem Potentialabgleich verursachte die Injektion von ca. 25×10^{-12} Äquivalenten Na^+ (aber nicht die von K^+ oder Li^+) zusammen mit Acetationen eine Zunahme von E_m (Hyperpolarisation) von 20 mV. Diese Zunahme wurde durch Ouabain-Behandlung oder die Verwendung eines K^+-freien Mediums unterbunden. Wurde das Membranpotential konstant gehalten, erfolgte eine schnelle Zunahme des Stroms bei Injektion von Na^+, worauf eine exponentielle Abnahme des Stroms erfolgte. Dieser Strom wäre erklärt, wenn das injizierte Na^+ durch eine Pumpe mit elektrischen Eigenschaften in einer Menge herausgepumpt werden würde, die dem Mehrbetrag an intrazellulärem Na^+ proportional ist. Es gab keinen Beweis für eine variable Stöchiometrie.

Zusammenfassend kann gesagt werden, daß die Messungen von Potentialdifferenzen an biologischen Membranen unter günstigen Bedingungen Erkenntnisse über die elektrochemische Natur von Transportmechanismen bringen können. Sie unterstützen die Behauptung, daß die Na^+-Pumpe elektrische Eigenschaften hat.

4.2 Der Wassertransport

Es wäre verfehlt, ein Buch über den biologischen Transport zu schreiben, ohne den Wassertransport zu behandeln. In einem so kurzen Buch jedoch eine größere Abhandlung darüber zu schreiben, würde zu keinen neuen Erkenntnissen führen; dieser Abschnitt soll daher nur den Appetit auf weitere Literatur anregen.

Der Wassertransport ist von größter physiologischer Bedeutung. Große Wassermengen werden bei Tieren über die Epithelschichten transportiert. Der Wassertransport ist kein stöchiometrisches Phänomen und kann mit dem gerichteten Stoffwechsel nicht direkt erklärt werden. Er ist in bezug auf den Salztransport sekundär und geschieht auf Grund lokaler osmotischer Gradienten, die durch den aktiven Transport eines gelösten Stoffes geschaffen werden. Die Epithelschichten haben im allgemeinen viele Membraneinstülpungen, die enge Intrazellulärräume entstehen lassen. Ein Ende dieser Hohlräume ist geschlossen und das andere ist offen. Mitochondrien liegen an der Grenze zu diesen Hohlräumen; wahrscheinlich liefern sie die Energie für den Salztransport aus der Zelle in das geschlossene Ende des Hohlraums. Dieses Salz im Hohlraum entzieht den Zellen laufend Wasser, und das Wasser sowie das darin gelöste Salz fließen in dem engen Kanal zum offenen Ende hin. Die Salzdiffusion vom geschlossenen Ende weg führt zu einem abnehmenden Konzentrationsgradienten innerhalb des Kanals. Die Salzlösung ist jedoch beinahe überall isotonisch, bis sie das offene Ende erreicht und aus dem Epithel entweicht. Zusammenfassend kann man sagen, daß eine Hauptfunktion des Salztransports darin besteht, den physiologisch wichtigen Wassertransport zu verursachen.

4.3 Der Ionenflux und die Na/K-aktivierte ATPase

In diesem Abschnitt soll auf die sehr enge Beziehung eingegangen werden, die zwischen den Hauptmerkmalen der Na/K-aktivierten ATPase und dem Trägersystem, das für die Natriumpumpe verantwortlich ist, besteht. Ein Großteil dessen, was hier beschrieben wird, wurde von Glynn [13, 14] und seinen Kollegen an Erythrocyten untersucht. Diese Zusammenfassung soll den Leser nur an die Originalliteratur heranführen und sie nicht ersetzen.

Eine wesentliche Technik bei diesen Untersuchungen war die Messung einseitig gerichteter Fluxe im Fließgleichgewicht. Dazu wurden Effluxe gemessen, wozu die Zellen zuerst mit radioaktiv markierten Lösungen behandelt und anschließend mit unmarkierter Ringerlösung gewaschen wurden. In zahlreichen Experimenten wurde die Zusammensetzung der Ringerlösung verändert, indem ein Kation durch ein anderes ersetzt wurde. Sowohl die ATPase-Aktivität als auch der aktive Flux werden durch Ouabain gehemmt. Nachdem dies feststand, wurde es üblich, bei der Interpretation eines experimentellen Ergebnisses jede background-Aktivität oder jeden background-Flux, der nicht auf Ouabain reagierte, zu eliminieren. Dazu wurde der Unterschied zwischen einem normalen Experiment und einer Kontrolle mit Ouabain-Behandlung gemessen: solche Fluxe werden dann als ouabain-sensitiv bezeichnet. Der Leser sollte wissen, daß in diesem Abschnitt alle Werte außer denen aus früheren Arbeiten (Tabelle 4.1, Flux 1–4) ouabain-sensitive Werte sind; die interessanten, aber quantitativ unbedeutenden ouabain-insensitiven Fluxe sollen außer acht gelassen werden.

Die Ergebnisse der Arbeiten über einseitig gerichtete K^+- und Na^+-Fluxe bei verschiedenen Konzentrationen dieser Ionen im Medium werden graphisch (Abb. 4.1) dargestellt. Außerdem zeigt Tabelle 4.1 eine entsprechende Liste der Influx- und Effluxvorgänge zusammen mit einer Aufzählung ihrer Hauptmerkmale. Glynn ermittelte die Unterschiede zwischen Fluxen in glucosehaltiger Ringerlösung und Fluxen in glucosefreier Ringerlösung, wobei die Zellen längere Zeit vorher keine Glucose bekommen hatten. Dadurch konnte er zwei Fluxe unterscheiden, den K^+-Influx und den Na^+-Efflux (Flux 1 und 2 in Tab. 4.1). Beide sind glucoseabhängig. Diese mit dem Stoffwechsel verknüpften Fluxe sind aus den in Abschnitt 2.2 beschriebenen Gründen aktiv. Für beide Fluxe konnte gezeigt werden, daß sie die Michaelis-Menten-Kinetik hinsichtlich der extrazellulären Kaliumkonzentration $[K^+_a]$ befolgen und beide Fluxe hatten denselben K_m-Wert in bezug auf K^+. Das war ein schönes Beispiel für die gegenseitige

Tab. 4.1. Die am Ionenflux in menschlichen Erythrocyten beteiligten Einzelfluxe

Nr.	Art	Glucose-abhängigkeit	Merkmale
1	K-Influx	+	aktiv; saturierbar; $K_m \approx 2$ mM
2	Na-Efflux	+	aktiv; Abhängigkeit von $[K_a]$ wie bei Flux 1, mit dem er gekoppelt ist
3	K-Influx	—	passiv; verläuft linear zu $[K_a]$; hoher Temperaturkoeffizient
4	Na-Efflux	—	passiv; fast unabhängig von $[K_a]$
5	Na-Influx	—	bei hoher $[K_a]$; passiv; nicht direkt proportional zu $[Na_a]$; scheint bis zu einem gewissen Grad vom Efflux abzuhängen; hoher Temperaturkoeffizient
6	Na-Influx	—	bei niederer $[K_a]$; nimmt deutlich zu, wenn $[K_a]$ abnimmt, als ob Na^+ mit Hilfe des K-Carriers einwandern würde
7	K-Efflux	—	beinahe unabhängig von $[K_a]$; passiv, aber unerklärlich, wenn kein Carrier angenommen wird; hoher Temperaturkoeffizient

Abhängigkeit der Fluxe. In anderen Experimenten über die Stöchiometrie dieser ouabain-sensitiven Fluxe konnte festgestellt werden, daß das Verhältnis von ^{24}Na-Efflux zu ^{42}K-Influx bei 1,20 ± 0,01 und in einem anderen Fall bei 1,35 ± 0,01 lag. Es wird nun allgemein angenommen, daß 3 Na^+-Ionen im Austausch gegen 2 K^+-Ionen verdrängt werden, wobei man sich aber stets vor Augen halten muß, daß diese stöchiometrischen Verhältnisse veränderbar sind. Der passive K^+-Influx (Flux 3) zeigt eine Beziehung zu $[K^+_a]$, die mit dem Fickschen Gesetz beschrieben werden kann. Aber der Temperaturkoeffizient dieses Fluxes ist viel höher als der für die Diffusion von Ionen in freier Lösung. Der passive Na^+-Influx kann in zwei Komponenten mit unterschiedlichen Merkmalen zerlegt werden (Flux 5 und 6). Der K^+-Efflux (Flux 7) und Flux 3 sind beide passiv, aber aus der genauen Untersuchung über ihre Wechselbeziehungen glaubt man schließen zu können, daß sie nicht nur mit Diffusionsverlusten durch die Membran erklärt werden können, sondern daß auch irgend ein Carrier beteiligt sein muß.

Whittman [43, 44] und seine Mitarbeiter führten eine Reihe wichtiger Experimente an wieder abgedichteten *ghosts* durch. Diese Untersuchungen haben den Vorteil, daß die Zusammensetzung des Mediums im Innern variiert werden kann. Mißt man dann die Menge an freiwerdendem anorganischem Phosphat, läßt

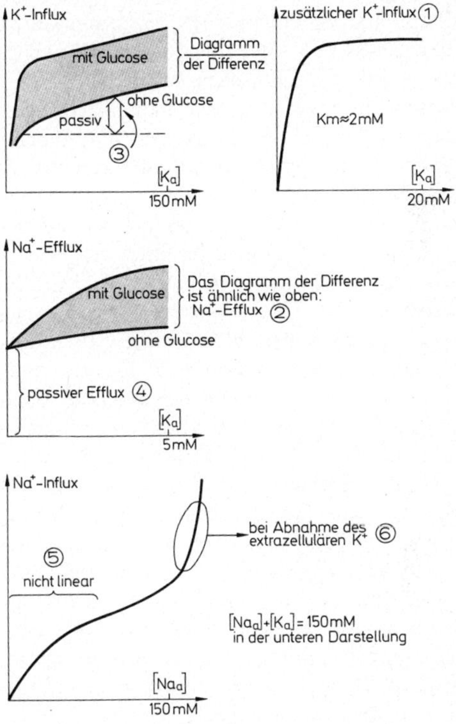

Abb. 4.1: Einseitig gerichtete Ionenfluxe. Die Zahlen beziehen sich auf Tab. 4.1. Die Konzentration von K^+ im Medium wird variiert (K^+ ersetzt Na^+)

sich daraus die ATPase-Aktivität ermitteln. In Anwesenheit von Na^+ hatte eine Änderung der inneren und äußeren Kaliumkonzentration dieselben Auswirkungen auf die ATPase-Aktivität wie eine Konzentrationsänderung von $[K_a]$ auf den Flux 1, wobei der K_m-Wert für Kalium bei 2 mM lag. Interessant war (die Bedeutung dieser Beobachtung soll später besprochen werden), daß bei niederer $[K_a]$ in einem Cholin-haltigen Medium die ATPase-Aktivität höher lag als in einem Na-Medium. Wurde die innere Na^+-Konzentration verändert, so zeigte sich, daß die ATP-Spaltung bei einer Na_i-Konzentration von 60–80 mM halbmaximal war, während sie bei über 100 mM maximal wurde. Die Enzymaktivierung durch externe Kationen scheint der Selektivitätsreihe X (Tab. 3.3) zu entsprechen, wogegen die internen Kationen eher der Reihe III oder IV folgen. Es erweist sich, daß die Freigabestelle für anorganisches Phosphat auf der Innenseite lag. Diese Untersuchungen brachten daher bedeutend mehr Erkenntnisse über das Enzym als Träger als die Arbeiten an Membranpräperationen. Die gerichtet ablaufenden Prozesse werden also durch ein gerichtet arbeitendes Enzym hervorgerufen, dessen Spezifität sich ändert, je nachdem ob die aktive Stelle am Enzym nach innen oder nach außen gerichtet ist. Aus der ouabainsensitiven Aktivierung des Enzyms durch K^+ und Na^+ läßt sich folgendes schließen: die Ionen aktivieren das Enzym an den Stellen, an denen sie nach den Flux-Studien auch aktiv transportiert werden. Das energieverbrauchende Enzym scheint wie der Träger ebenfalls «vektoriell» zu arbeiten. Man nimmt an, daß diejenigen Ionen, die das Enzym aktivieren, auch transportiert werden, obwohl dies bisher durch Experimente noch nicht bewiesen werden konnte. Als nächstes wollen wir die Wechselbeziehungen zwischen dem vektoriellen Enzym der Erythrocyten und der Na/K-aktivierten ATPase aus anderen Geweben betrachten, für die die Verhältnisse experimentell nur schwer zu untersuchen sind. Umfassende, vergleichende Untersuchungen [2] dieser ATPase-Aktivität bei verschiedenen Geweben und Arten mit den entsprechenden Mengen an transportiertem Na zeigen schöne Wechselbeziehungen, wobei die transportierten Stoffmengen in einem weiten Bereich variieren.

Andere vergleichende Untersuchungen wurden an Meerschweinchen-Nieren unternommen [36]. Hier wurden erstmals genauere, biochemische Studien am isolierten Enzym gemacht und die Kinetik der ATP-Spaltung untersucht. Es wurde bei niederen Temperaturen gearbeitet, um die Reaktionen zu verlangsamen. Es konnte gezeigt werden, daß ein phosphoryliertes Zwischenprodukt schnell und reversibel gebildet wurde. Die Bildung erforderte Na^+- und Mg^{++}-Ionen. Es herrschte aber einige Ungewißheit über die Reihenfolge, in der die Reaktionen stattfanden.

Für den Abbau des Zwischenprodukts war K^+ erforderlich. Die Menge des phosphorylierten Zwischenprodukts wurde mit Hilfe einer Markierungstechnik ermittelt. Unter Standartbedingungen entsprach die Umsatzrate (pro Zeiteinheit) dem Verhältnis der ATPase-Aktivität zur Menge an phosphoryliertem Zwischenprodukt [1]. Die Umsatzrate wurde in verschiedenen Geweben und Arten bei stark unterschiedlicher Enzymaktivität gemessen. Sie nahm aber nur um ungefähr das Doppelte zu. Daß dieser Parameter also beinahe konstant bleibt, ist ein Indiz dafür, daß Artunterschiede sich kaum auf die Enzymeigenschaften auswirken. Nun erwartet man aus Untersuchungen über die Proteinzusammensetzung eine Bestätigung dieser Tatsachen, aber die Reinigung der Enzyme bereitet Schwierigkeiten.

Als weiteres Ergebnis aus den Untersuchungen über das Enzym aus Meerschweinchen kann man die Faktoren, die die Geschwindigkeit der ATP-Spaltung beeinflussen, auf eine Formel bringen. Es wurden Bedingungen gefunden, unter denen experimentell variierbare Konzentrationen zum geschwindigkeitsbestimmenden Faktor gemacht werden konnten, und die Menge an phosphoryliertem Zwischenprodukt wurde bestimmt. Diese Menge änderte sich mit der Reaktionsgeschwindigkeit, wenn die Konzentration an ATP, Mg^{++} oder Na^+ geschwindigkeitsbegrenzend waren. Sie nahm aber ab, wenn die K^+-Konzentration begrenzend wirkte. Die Folgerungen aus diesen und anderen Befunden sind in Abb. 4.2 dargestellt. Dieser Abbildung liegt das Carriersystem zugrunde, das erstmals von Shaw als eine Interpretationsmöglichkeit für Fluxe erstellt wurde. Es wurde leicht abgeändert, um die verschiedenen, experimentellen Befunde, die bis ungefähr 1967 gemacht worden waren, mit zu berücksichtigen. In Abb. 4.2 wird auch die Umkehrbarkeit einiger Schritte bei der Natriumpumpe angedeutet, wenn dieses Carrierschema gültig wäre. Die völlige Umkehrbarkeit der Natriumpumpe und eine damit einhergehende ATP-Synthese war nur eines der zahlreichen, wichtigen Ergebnisse, die 1967 in einer Reihe von Arbeiten von Garrahan und Glynn veröffentlicht wurden. Sie unterwarfen Zellen und auch *ghosts* nichtphysiologischen Bedingungen, um den Mechanismus des Ionentransports näher zu untersuchen. Für Zellen in einem K^+-freien Medium ergab sich ein 1:1-Austausch für intra- und extrazelluläres Natrium. Dieser Austausch war zur $[Na_a]$ von hohen Konzentrationen bis hinab zu Konzentrationen von 5 mM proportional. Diese Abhängigkeit von

[Na_a] bei Konzentrationen, die im allgemeinen größer waren als [Na_i], konnte nicht mit der Austauschdiffusion erklärt werden, wie sie z. B. in Abb. 3.8 dargestellt ist (dieses System sollte denselben K_m-Wert für Natrium sowohl auf der Außen- als auch auf der Innenseite haben). Es war daher notwendig, einen Konformationswechsel und eine Affinitätsänderung bei der Durchquerung der Membran anzunehmen. Diese wird in Abb. 4.3 durch

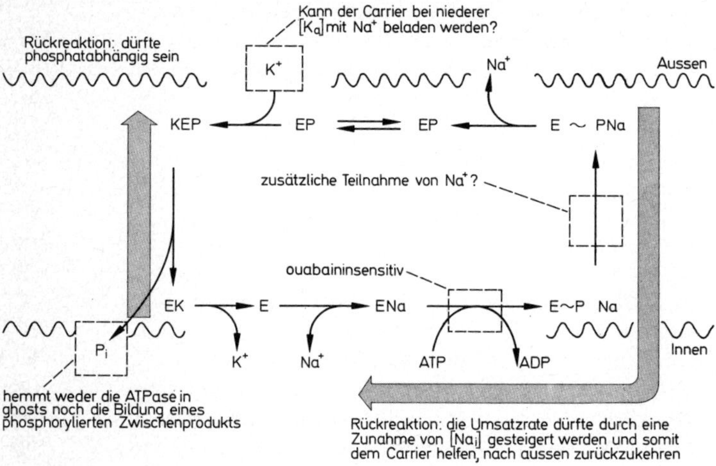

Abb. 4.2: Das abgewandelte Modell von Shaw. Die phosphorylierten Zwischenprodukte und die interne Freigabe von anorganischem Phosphat werden hier mitberücksichtigt. Die breiten Pfeile zeigen die Möglichkeit für eine Umkehrung der Prozesse an

den Wechsel des Carriers von C nach C* dargestellt. Das Verhältnis der Geschwindigkeitskonstanten k und k* wäre dann nicht gleich 1. Etwas Ähnliches wäre zu erwarten, wenn der Na-Austausch in dem Teil des Zyklus ablaufen würde, der energiegekoppelt ist. Dieser Austausch wurde an Zellen und *ghosts* unter normalen Bedingungen untersucht. Wenn die innere Na^+- und ATP-Konzentration niedrig gehalten wurde, und die innere Konzentration an anorganischem Phosphat erhöht wurde, übertraf der $Na^+ : Na^+$-Austausch (in K^+-freiem Medium) den energiegekoppelten $Na^+ : K^+$-Austausch unter Normalbedingungen. Die vorher erwähnten anormalen Bedingungen wurden so gewählt, daß die für die Natriumpumpe verfügbare freie Enthalpie weniger negativ oder sogar positiv gehalten wurde, was zu einer Umkehrung der Natriumpumpe führen sollte. Der Leser beachte die paradoxe Zunahme des Na^+-Efflux durch eine Verringerung der inneren Na^+-Konzentration.

Die völlige Umkehr der Natriumpumpe wurde an *ghosts* gezeigt, bei denen geeignete innere und äußere Konzentrationen an Na^+, K^+, ATP, ADP und P_i herrschten und bei denen noch *Jodacetat* als Inhibitor der Glykolyse vorhanden war. P_i lag als ^{32}P vor, so daß sein Einbau in ATP verfolgt werden konnte. Bei anderen Experimenten erwies sich, daß der Zyklus als Ganzes oder Teile des Zyklus durch die genaue Wahl der Versuchsbedingungen umgekehrt werden können.

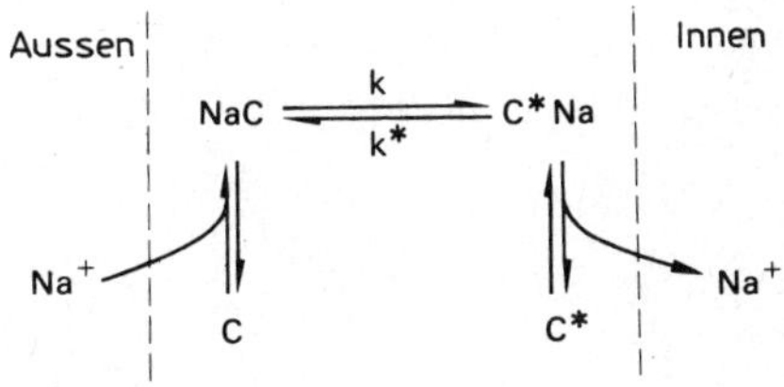

Abb. 4.3

Ein zyklisches Schema, das im einzelnen alle hier kurz erwähnten Beweise enthält, ist das von Stone [38]. Abb. 4.4 zeigt die wesentlichen Schritte aus seinem Modell, wobei noch einige Anmerkungen gemacht wurden. Die Grundlage für dieses Modell war eine computersimulierte Untersuchung über die kinetischen Merkmale der Faktoren, die bei Carrierschemata des Ionentransports vorkommen können. Diese werden mit der Kinetik der Na-Fluxe und anderen wichtigen Daten verglichen, die schon für eine Reihe von Geweben aus der Literatur bekannt sind. Schemata, bei denen die Translokationsschritte irreversibel waren (also physiologisch nur in eine Richtung ablaufen), konnten von der weiteren Betrachtung ausgeschlossen werden. Andere Schemata, bei denen Na^+ und K^+ mit einem Carrier nacheinander in Beziehung traten, wurden solchen Schemata vorgezogen, bei denen sie gleichzeitig an den Carrier herantraten. Im endgültigen Modell befinden sich die Zwischenprodukte in den einzelnen Reaktionsgruppen immer beinahe im Gleichgewicht (vergleiche Abschnitt 3.4). Unterbrochene Linien umrahmen die einzelnen Reaktionsgruppen. Die Parameter des Modells wurden so gewählt, daß es quantitativ mit allen entsprechenden Daten aus Untersuchungen mit Erythrocyten und Nieren übereinstimmt. Dabei wurde nur bei einer Ausnahme allein der qualitative Aspekt berücksichtigt. Das Modell wurde dann in bezug auf die Kinetik der Phosphorylierung unbefriedigend, wenn die Phosphorylierung von E der Na-Bindung vorangestellt wurde. Zwei besondere Vorgänge, über die schon oben berichtet wurde, werden durch das Modell

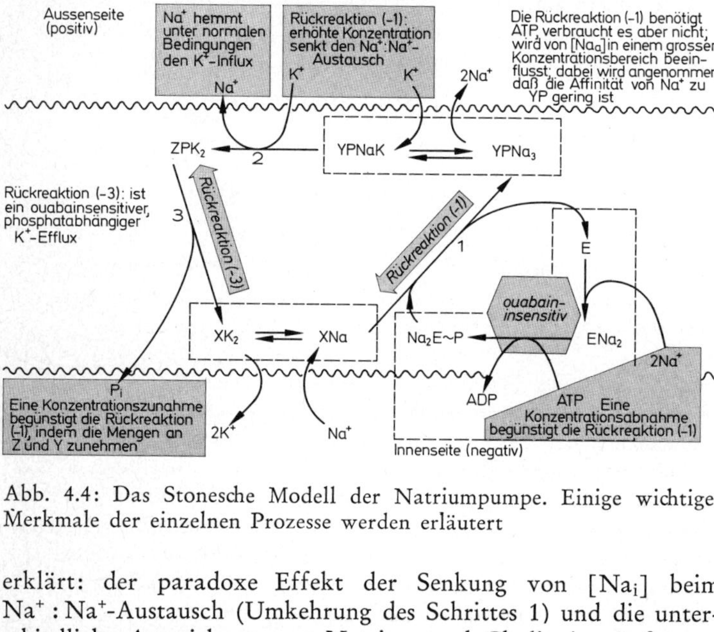

Abb. 4.4: Das Stonesche Modell der Natriumpumpe. Einige wichtige Merkmale der einzelnen Prozesse werden erläutert

erklärt: der paradoxe Effekt der Senkung von [Na_i] beim Na^+ : Na^+-Austausch (Umkehrung des Schrittes 1) und die unterschiedliche Auswirkung von Natrium und Cholin im Außenmedium in Experimenten mit *ghosts* bei niederer K^+-Konzentration (Schritt 2). Im Modell werden elektrische Ladungen nach außen transportiert, und es hat deshalb elektrische Eigenschaften. Bei der Phosphorylierung ändert sich die Ladung der aktiven Stelle am Carrier (großer Zyklus). Die ouabain-insensitive Phosphorylierung (von E) findet im Nebenkreislauf statt. Man darf sagen, daß dieses Modell, das von Stone ausdrücklich als hypothetisch bezeichnet wurde, eine sehr gute Beschreibung der Transportvorgänge darstellt.

Literatur

Moore, W. J. (1972), Physical Chemistry, 5th edition. Longmans, London. Kapitel 12 führt in die Grundlagen der Elektrochemie ein.

Diamond, J. (1965), Symp. Soc. Exp. Biol. 19, 329 and (1971) Phil. Trans. Roy. Soc. B 262 141. Eine ausgezeichnete Darstellung von Experimenten über den Wassertransport.

Gutknecht, J. (1970), Am. Zoologist, 10, 347. Eine kurze Erklärung des Ursprungs der bioelektrischen Potentiale in pflanzlichen und tierischen Zellen.

5 Anhang

5.1 Die Thermodynamik von Systemen

Das Wort *System* wird in der Thermodynamik oft verwendet, und auch in diesem Buch hat es manchmal eine thermodynamische Bedeutung. Ein System ist eine Ansammlung von untereinander abhängigen Vorgängen innerhalb einer gedachten Grenze, die eben den Teil, an dem wir interessiert sind, gegen das Universum abgrenzt. Diese Grenze kann einem wirklichen, physikalischen Gefäß entsprechen. Der Physiker spricht oft von idealen Systemen (ein Beispiel wäre der reibungslose Flaschenzug), um ein Grundprinzip besser verstehen zu können. Der Biologe folgt seinem Beispiel und konstruiert Modellsysteme. Manchmal definiert man die Grenzen des Systems nicht allzu sorgfältig; eine solche Ungenauigkeit kann jedoch ein großes Wagnis darstellen. (Manchmal spricht man von einer *black box*. Diese stellt einen unbekannten Mechanismus dar, der gegen die Umgebung abgegrenzt ist.) Von einem *offenen* System spricht man, wenn ein Stoff- und Energieaustausch mit der Umgebung stattfinden kann. Lebende Zellen sind offene Systeme. Befindet sich eine Zelle im Fließgleichgewicht, so besagt das, daß die Aufnahme (von Stoff und Energie) gleich der Abgabe ist. Daraus folgt, daß die Konzentration aller Zwischenprodukte, die zwischen den aufgenommenen Substanzen (Nährstoffe) und den abgegebenen Substanzen (Abfallprodukte und Sekrete) auftreten, konstant ist.

Wir wissen, daß die Energie in einem System erhalten bleibt (1. Hauptsatz der Thermodynamik), wenn auch der Nullpunkt auf der Energieskala willkürlich ist. Wir erinnern uns daran, daß die verschiedenen Energieformen ineinander übergeführt werden können. Wir vergessen aber allzu leicht, daß diese Energieformen nur verschiedene Wege sind, die Auswirkungen, die sich aus Bewegungen oder Bewegungskomponenten der Grundbausteine der Materie ergeben, zu messen. Das Gesetz über die Umwandelbarkeit von Wärme und Arbeit (2. Hauptsatz der Thermodynamik) ist ein Erfahrungssatz (z. B. wird Wärme frei, wenn eine Autobatterie schnell entladen wird, aber wir können die Batterie durch Erhitzen nicht wieder laden). Wärme ist die ungeordnetste Form der Energie. Die Änderung der Enthalpie ΔH während einer Reaktion entspricht einer Wärmeänderung unter definierten Bedingungen. Die Änderung der Entropie Δs bei einer Reaktion beschreibt die Verteilung der Wärmeenergie in verschiedene Stufen, die, der abnehmenden Größe nach geordnet, folgende sind: elektronische Energie, Schwingungsenergie, Rotationsenergie und Translationsenergie. Oft haben Moleküle einer Substanz bei Zimmertemperatur dieselbe Elektronenkonfiguration (dasselbe Energieniveau), aber die Translationsenergieniveaus können verschieden sein. In einer Reaktion, in der die Endprodukte sozusagen zwischen mehr Energieniveaus wählen können als die Ausgangsstoffe (Δs ist positiv), wird deshalb die Bildung des Endprodukts begünstigt; dem kann jedoch entgegengewirkt werden, wenn die Reaktion unter Wärmeaufnahme stattfindet (ΔH ist positiv). Die Änderung der freien Enthalpie (ΔG) beschreibt, in welcher Richtung die Reaktion abläuft. Sie wird durch die Gleichung $\Delta G = \Delta H - T \Delta s$ beschrieben, wobei T die absolute Temperatur ist. Man sollte sich die freie Enthalpie nicht bildlich vorstellen; sie stellt eine thermodynamische Funktion dar, die sich aus zwei Komponenten mit unterschiedlichen Eigenschaften zusammensetzt. Und gewiß sollte die freie Enthalpie nicht mit der Wärme verwechselt werden, die ja aufgenommen oder abgegeben werden kann. Die freie Enthalpie G eines Systems hat die wichtige Eigenschaft, daß sie sich im Minimum befindet, wenn das System im Gleichgewicht ist; nähern sich Systeme also dem Gleichgewichtszustand, so nimmt ihre freie Enthalpie ab. Die Gleichgewichtseinstellung erfolgt freiwillig; darum ist ΔG bei diesem Vorgang negativ. Ein solch freiwillig ablaufender Prozeß kann stattfinden, um gegen die Umgebung Arbeit zu verrichten, aber bei jedem realen Vorgang muß diese Arbeit kleiner sein als ΔG (2. Hauptsatz der Thermodynamik). Umgekehrt muß dem

System Arbeit zugeführt werden, um ΔG zu erhöhen: aus der Sicht des Systems wäre dies kein freiwillig ablaufender Vorgang. Jedoch laufen alle natürlichen Prozesse völlig spontan ab. (Wir wollen uns daran erinnern, daß diese Darstellung davon abhängt, wie die Grenzen des Systems definiert sind.) Die freie Enthalpie einer Komponente in einem System (z. B. die des Wassers in einer Lösung) hängt von der Zusammensetzung des Systems ab: das chemische Potential μ ist die freie Enthalpie pro Mol (sie wird in spezieller Weise definiert, die uns hier nicht weiter zu interessieren braucht). Das chemische Potential steht mit der Aktivität a in Beziehung, die sich aus der Multiplikation der Konzentration mit einem Koeffizienten ergibt, so daß man die Gleichung $\mu = \mu^\circ + RT \ln a$ erhält. Der Ausdruck μ° ist das chemische Standardpotential bei Standardbedingungen. Die Änderung des thermodynamischen Standardpotentials ΔG° wird in ähnlicher Weise definiert, wobei die Standardbedingung für die reine Substanz 1 atm und 25° C oder eine Lösung mit Einheitsaktivität ist. Wenn diese Begriffe verwirren sollten, erinnern wir uns doch an die einfache Definition von ΔG°, bei der ΔG° zur Gleichgewichtskonstanten K in Beziehung gesetzt wird: $\Delta G^\circ = - RT \ln K$. Wir haben hiermit eine Gleichung, um ΔG zu ermitteln, wenn die Reaktion bei bestimmten Konzentrationen abläuft. Voraussetzung dafür ist, daß ΔG° bekannt ist. Reaktionen, bei denen eine Wanderung der elektrischen Ladung vorkommt, können durch Gebrauch der entsprechenden galvanischen Elemente untersucht werden: die elektromotorische Kraft E und die Änderung der freien Enthalpie werden durch die Gleichung $\Delta G = - nFE$ zueinander in Beziehung gesetzt. Dabei ist F die Faradaysche Konstante und n die Zahl der transportierten Elektronen. Die Diffusion von einem hohen Konzentrationsbereich [S″] zu einem niederen Konzentrationsbereich [S′] ist ein freiwillig ablaufender Vorgang, für den die Änderung der freien Enthalpie $RT \ln [S'] / [S'']$ beträgt; umgekehrt beträgt die freie Enthalpie, die notwendig ist, um eine osmotische Konzentrationserhöhung von [S′] nach [S″] zu erreichen, $RT \ln [S''] / [S']$.

Die freie Enthalpie ist angenehm zu handhaben, weil freie Enthalpiebeträge zugeführt werden können, wenn immer es zulässig ist, die entsprechenden Reaktionen aneinanderzufügen. Dies ist z. B. bei Reaktionsketten mit gemeinsamen Zwischenprodukten der Fall. Wenn es die Existenz eines gemeinsamen Zwischenprodukts erlaubt, freie Enthalpiebeträge zuzuführen, bezeichnen wir solch ein Paar von Reaktionen als gekoppelt. Wenn wir über die Einzelheiten eines biologischen Prozesses nicht Bescheid wüßten, könnten uns Tabellen mit $\Delta G°$-Werten für die biochemischen Reaktionen helfen zu verstehen, welche hypothetischen Mechanismen miteinander gekoppelt sein könnten, damit der ganze Prozeß spontan ablaufen würde (ΔG negativ). Die Thermodynamik kann uns nicht sagen, ob ein Prozeß mit negativem ΔG auch notwendigerweise mit meßbarer Ausbeute abläuft, aber als Biochemiker neigen wir optimistischerweise zur Annahme, daß die Natur auch solch ein Enzym geschaffen haben wird, das die uns interessierende Reaktion katalysiert. Oft wird ein großer Teil der freien Enthalpie bei der Glucoseverbrennung als die freie Enthalpie des ATP gespeichert. Der hohe Wirkungsgrad, mit dem lebende Zellen Enthalpie speichern können, hängt von der Existenz hoch wirksamer Katalysatoren ab, die die Reaktion unter vernünftigen Ausbeuten ablaufen lassen; es kommt aber auch vor, daß ihre ΔG-Werte ziemlich niedrig sind. Obwohl die freie Enthalpie sich für die «biochemische Buchhaltung» recht bequem anwenden läßt, wird das typische biologische Fließgleichgewicht genauer von der Thermodynamik irreversibler Prozesse beschrieben (spontane Prozesse), in denen die wirksamen Kräfte und der resultierende Stofffluß zur Geschwindigkeit der Entropieproduktion in Beziehung gesetzt werden. Die Wirksamkeit, mit der Zellen arbeiten, hängt von ihrer Fähigkeit ab, ihre Entropieproduktion möglichst niedrig zu halten und ihren Zustand der Ordnung (oder des Nicht-Zufalls) möglichst zu maximieren, um dadurch freie Enthalpie zu speichern.

5.2 Das Donnan-Gleichgewicht

Die Membran in dem zweigeteilten Gefäß der Abb. 5.1 ist für Salze und Wasser permeabel, dagegen nicht für das Protein P. Wir wollen nun beobachten, wie sich ein Gleichgewicht einstellt. Gibt man auf einer Seite des Systems zu einer NaCl-Lösung der Konzentration x ein Natriumsalz eines Proteins, so beginnt das Salz zu wandern. Diese Wanderung soll durch y ausgedrückt werden. Die Salzwanderung setzt sofort ein, aber wir wollen sie uns einmal als stufenweise Wanderung vorstellen. Die Zugabe des neutralen Na-Salzes des Proteins erhöht die Konzentration an Na-Ionen auf der linken Seite (die neu hinzugekommenen

Na-Ionen lassen sich von den anderen Na-Ionen nicht unterscheiden). Das führt zur Wanderung einiger Na-Ionen auf die rechte Seite. Die Forderung nach strikter Elektroneutralität hat eine gleich große Wanderung von Chloridionen zur Folge. Die Netto-Ionenwanderung hört auf, wenn sich ein Gleichgewicht eingestellt hat. Es ist nicht üblich, mit den hier verwendeten Symbolen und Definitionen die Konzentrationsverhältnisse für die diffundierenden Ionen als Summen oder Differenzen zu beschreiben, aber diese Darstellung hat den Vorteil, daß quadratische Gleichungen vermieden werden.* Unter der Annahme, daß

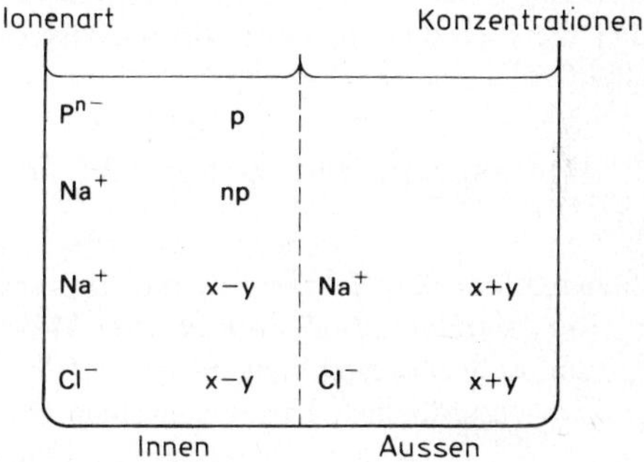

Abb. 5.1

der richtige Druck $\Delta \pi$ auf die Membran ausgeübt wird, (auf der Innenseite), kommt das System ins Gleichgewicht. Die Gleichgewichtsbedingungen sind:

1. Elektroneutralität; sie wird wie dargestellt erreicht,
2. freie Enthalpie; das chemische Potential der Salze auf beiden Seiten muß gleich sein.

Aus der zweiten Bedingung folgt:

$$\frac{[Cl_a]}{[Cl_i]} = \frac{[Na_i]}{[Na_a]}$$

Ersetzt man die Mengen (Konzentrationen) durch die in Abb. 5.1 gegebenen Symbole, so erhält man:

$$(x+y)^2 = (x-y+np)(x-y)$$

$$\therefore \cancel{x^2} + 2xy + \cancel{y^2} = x^2 - 2xy + npx - npy + \cancel{y^2}$$

* Ich bin Dr. A. G. Ogston für diese praktischen Symbole und Definitionen sehr zu Dank verpflichtet. Seine Art, das Donnan-Gleichgewicht zu beschreiben, wird hier erstmals veröffentlicht.

Nach y aufgelöst erhält man:

$$y = \frac{npx}{np + 4x}$$

Die osmotische Druckdifferenz $\Delta\pi$ wird durch folgende Gleichung beschrieben:

$$\Delta\pi = RT(p + np - 4y)$$

Schließlich muß noch gesagt werden, daß eine homogene Membran, die feste Ladung trägt, ionenselektiv ist, weil sie einige der Ionen auf der Basis der Donnan-Verteilung ausschließt (diejenigen Ionen, die dieselbe Polarität wie die festen Ladungen der Membran haben).

5.3 Die Natriumpumpe und die doppelte Donnan-Verteilung

In dem Schema der Abbildung 5.2 wurde angenommen, daß ein einziges Ion, nämlich Na^+, durch die Membran gepumpt wird. Es ist von anderen einwertigen Ionen, die durch M^+ bezeichnet werden, verschieden. Um eine solche Pumpe zu schaf-

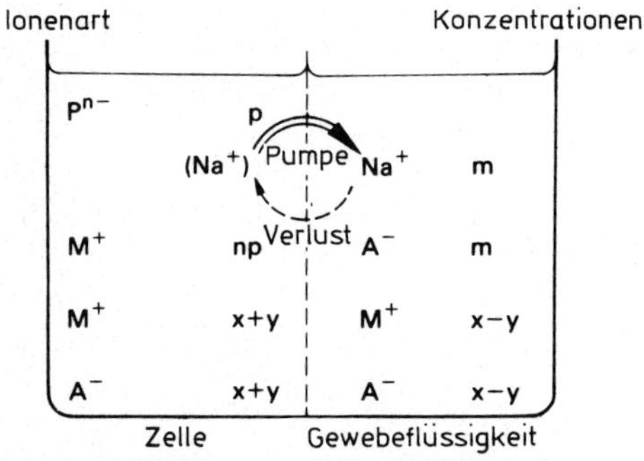

Abb. 5.2

fen, müssen wir eine äquivalente Konzentration an A^- im Gewebe voraussetzen, damit die Elektroneutralität gewahrt bleibt. (Wir hätten genausogut damit beginnen können, daß Na^+ und A^- gleichmäßig verteilt sind und hätten dann Na^+ transportieren lassen können, dem dann A^- passiv folgt.) Wir nehmen nicht an, daß der Mechanismus der Natriumpumpe einen umgekehrten K^+-Transport aus mechanistischen Gründen erfordert. Diese Annahme würde auch nichts am Folgenden ändern, vorausgesetzt, in M^+ ist auch eine genügende Menge an K^+ enthalten. In der Praxis befindet sich das Na^+ im Innern. Wir sind aber so kühn, dieses eingedrungene Na^+ als identisch mit M^+ zu behandeln. Das Symbol P^{n-} bezeichnet die funktionellen «festen negativen Ladungen» mit der mittleren negativen Ladung n. Die Richtung der Salzwanderung kann im allgemeinen nicht vorhergesagt werden.

Die Bedingung 2 für das Donnan-Gleichgewicht (Abschnitt 5.2) kann auf M^+ und A^- angewendet werden, obwohl dieses System ein Fließgleichgewicht darstellt. Dazu muß die Menge an durch die Membran gepumpten Na^+ gleich groß sein wie die Menge an Na^+, die durch Verluste verloren geht. Aus Bedingung 2 folgt:

$$(np + x + y)(x + y) = (x - y)(x - y + m)$$

$$\therefore\ 4xy + npy + my = mx - npx$$

$$\therefore\ y = \frac{mx - npx}{4x + np + m}$$

$$\therefore\ \Delta\pi \propto (p + np - 2m + 4y)$$

Der springende Punkt ist, daß die richtige Regulation der Pumpe zu $\Delta\pi = 0$ führen kann, was mit beinahe allen experimentellen Untersuchungen an menschlichen Zellen übereinstimmt. Wir identifizieren M^+ auf der Außenseite als K^+, und A^- auf der Außenseite als Cl^- und Bicarbonat. Wenn wir die Werte von Tabelle 2.2 einsetzen, kommen wir zum Schluß, daß zunächst einmal y näherungsweise gleich Null ist. Das Membranpotential wird durch die Nernstsche Gleichung wiedergegeben:

$$E_m = \frac{RT}{F} \ln \frac{[M_i]}{[M_a]} = 1 + \frac{m + np}{2x}$$

Der experimentelle E_m-Wert ist:

$$E_m = \frac{RT}{F} \ln \frac{[K_i]}{[K_a]} = \frac{RT}{F} \ln \frac{[Cl_a]}{[Cl_i]}$$

Das Vorzeichen des Membranpotentials ist hier das der Außenelektrode, wobei das Potential der Innenelektrode gleich Null gesetzt wird. Man beachte, wie eine Änderung von m, np, und x auch E_m verändert, und man vergleiche einmal mit den experimentellen Ergebnisse aus der Literatur.

Literatur

Donnan, F. G. (1925), Chem. Rev. 1, 73. Seine Erklärung des Donnan-Gleichgewichts.

Linford, J. H. (1966), An introduction with application to biology. Butterworths, London. Für den Studenten, der einen hervorragenden Stil und Inhalt zu würdigen weiß.

Morris, J. G. (1968), A biologist's physical chemistry. Für den experimentell arbeitenden Studenten.

Weitere Literaturhinweise

Kontraktile Vakuolen bei Protozoen

Wie Tiere ohne Nieren ihren Wasserüberschuß abgeben können.

Kitching, J. A. (1938), Biol. Rev. 13, 403.

Kitching, J. A. (1954), Symp. Soc. Exp. Bio. 8, 63.

Kitching, J. A. (1967), in T. T. Chen (ed.) Research, in Protozoology Vol 1, 309, Pergamon Press, Oxford.

Schmidt-Nielson, B. and Schrauger, C. R. (1963), Science 169, 606. Micropuncture studies.

Prusch, R. D. and Dunham, P. B. (1970), J. Cell. Biol. 46, 431.

Magensekretion

Rehm, W. S. (1972), Arch. Intern. Med. 129, 270. Ort und Mechanismus der Protonensekretion.

Forte, W. G. (1970), in Bittar, E. C. Membranes. Ein kurzer Überblick.

Ionentransport im Nervensystem

Alle außer den letzten beiden Literaturangaben sind allgemein gehaltene und in manchen Fällen elementare Darstellungen.

Hodgkin, A. L. (1958), Proc. Roy. Soc. B 148, 1.

Eccles, J. C. (1964), Science 145, 1140.

Hodgkin, A. L. (1964), Science 145, 1148.

Huxley, A. F. (1964), Science 145, 1154.

Katz, B. (1971), Science 173, 123.

Eccles, J. C. (1965), Scientific American, January, 56.

Baker, P. F. (1966), Scientific American, March. 74.

Carpenter, D. O. and Alving, B. O. (1968), J. Gen. Physiol. 52, 1 Metabolic dependence of membrane potential.
Gorman, A. L. F. and Marmor, M. F. (1970), J. Physiol. 210, 879, 919. Another study of similar phenomena.

Der K^+-Bedarf bei der Proteinsynthese

Für den Ionentransport vielleicht ebenso wichtig, wie die geochemischen Faktoren, die in Abschnitt 3.2 erwähnt wurden.
Pestka, S. (1970), in Bittar, E. E. (ed.) Membranes and ion transport, Vol 3, p 279, Wiley-Interscience, New York.

Die Isolierung von am Transport beteiligten Proteinen aus Bakterien

Physiologische Untersuchungen zum Transport und seiner Hemmung bewiesen zusammen mit genetischen Untersuchungen, daß es Permeasen gibt, von denen die Substrataufnahme bei Bakterien abhängt. Erst vor kurzem konnten am Transport beteiligte Proteine isoliert und in einigen Fällen kristallisiert werden.
Cohen, G. N. and Monod, J. (1957), Bact. Rev. 21, 169. Classical review on permeases.
Fox, C. F. and Kenedy, E. P. (1965), Proc. Nat. Acad. Sci. 54, 891. Lac M. protein of E. coli.
Pardee, A. B. and Prestidge, L. S. (1966), Proc. Nat. Acad. Sci. 55, 189. Sulphate bindung protein.
Pardee, A. B. (1968), J. Gen. Physiol. 52 Supplement 279. Review of biochemical studies.
Kepes, A. (1971), J. Membrane Biol. 4, 87. The β-galactoside permease revierwed.

Der osmotische Schock und das Phosphotransferasesystem von Bakterien

Komponenten des Systems, das die Anwesenheit von PEP erfordert, sowie andere Enzyme und Proteine, die verschiedene Substrate binden können, werden ins Medium abgegeben, wenn die Osmolarität plötzlich abnimmt. Die obligatorische Verknüpfung der Phosphorylierung mit dem Transport (siehe Abschnitt 3.1.1) wird in Experimenten gezeigt, bei denen geschlossene «Vesikel» aus Bakterien herauspräpariert worden waren.
Heppel, L. A. (1967), Science 156, 1451.
Simoni, R. D. et al. (1967), Proc. Nat. Acad. Sci. 58, 1963.
Kaback, H. R. (1970), in Bronner, F. and Kleinzeller, A. (eds.), Current Topics in Membranes and Transport, Vol 1, p 34, Academic Press, New York.

Zweischichtige Lipidmembranen und die Orte des Ionentransports

Die Eigenschaften von künstlichen, zweischichtigen Lipidmembranen ähneln denen von natürlichen Membranen. Die Ionenpermeabilität sol-

cher Membranen, wächst durch Zugabe cyclischer Verbindungen, einschließlich gewisser Antibiotika. Sie binden ein Ion an einer Stelle, die in eine hydrophobe «Hülle» eingeschlossen ist: diese Orte scheinen die Transportstellen zu sein.
Henn, F. A. et al. (1967), J. Mol. Biol. 24, 51.
Thompson, T. E. and Huang C. (1966) Ann. N. Y. Acad. Sci. 137 (2) 740.
Mueller, P. and Rudin, D. O. (1967), Biochem. Biophys. Res. Comm. 26, 398.
Kilbourn, B. T. et al. (1967), J. Mol. Biol. 30, 559.
Krasne, S. et al. (1971), Science 174, 412.
Harold, F. M. (1971), in Rose, A. F. and Wilkinson, J. F. Advances in Microbial Physiology 4, 45, Academic Press, London.

Transport von Metaboliten in Mitochondrien

Chapell, J. B. (1968), Brit. Med. Bull. 24, 150.
Tubbs, P. K. and Garland, P. B. (1968), Brit. Med. Bull. 24, 158, in which Fig. 2 is a good example of a vectorial system.
Klingenberg, M. 1970), in Campbell, P. N. and Dickens, F. (eds.), Essays in Biochemistry 6, 119, Academic Press, London.
McGivan, J. D. and Chappell, J. B. (1972), Biochem. J. 127, 54 P.

Der Ionentransport in Algen und Pflanzen

Sutcliffe, J. F. (1962), Mineral Salts absorption in plants Pergamon, Oxford.
Briggs, G. E., Hope, A. B. and Robertson, R. N. (1961), Elektrolytes and plant cells Davis, Philadelphia.
MacRobbie, E. A. (1970), Q. Rev. Biophys. 3, 251.
Nobel, P. S. (1970), Plant cell physiology Freeman, San Francisco.
Saddler, H. D. W. (1970), J. Gen. Physiol. 55, 802.

Die chemisch-osmotische Hypothese

Nach einer wichtigen Hypothese von Mitchell wird die Kopplung von Oxidation und Phosphorylierung bei der Bildung von ATP (z. B. in Mitochondrien und Chloroplasten) durch Protonen- und andere Ionengradienten bewirkt. D. h. ein Teil der Energie der primären, gerichteten H^+-Sekretion wird mit der Bildung von ATP gekoppelt. Da sich die Hypothese im Lauf der Jahre gewandelt hat und die Untersuchungen darüber noch nicht abgeschlossen sind, schien sie keine geeignete Grundlage für dieses Buch zu sein. Es wurde jedoch darauf geachtet, daß Kapitel 3 (besonders Abschnitt 3.1) mit der Hypothese, so wie sie früher – beim Schreiben dieses Buches – verstanden wurde, übereinstimmt. Die hier gewählten Literaturangaben sind eher nächste Näherungen als daß sie endgültige Tatsachen beschreiben.

Greville, G. D. (1969), in Sanadi D. R. (ed.), Current Topics in Bioenergetics, Vol 3, p 1, Academic Press, New York.
Deamer, D. W.,(1969), J. Chem. Ed. 46, 198.
Glynn, I. M. (1967), Nature 216, 1318.
Hopfer, U. et al. (1968), Proc. Nat. Acad. Sci. 59, 484.

Deutschsprachige Literatur

Biochemie des aktiven Transports, 12. Colloquium d. Gesellschaft f. physiol. Chemie. Springer Verlag Berlin–Göttingen–Heidelberg 1961.

Enthält neben englischen Artikeln auch deutsche Beiträge von H. Netter über Transportmodelle, H. Passow über die Regulation der Ionenpermeabilität roter Blutkörperchen, W. Wilbrandt über den Zukkertransport, E. Heinz über den aktiven Transport von Aminosäuren und K. Mother über den aktiven Transport in höheren Pflanzen.

Funktionelle und Morphologische Organisation der Zelle. Springer Verlag Berlin–Göttingen–Heidelberg 1963.

Beiträge von W. Wilbrandt über den aktiven Transport organischer Moleküle und von K. Heckmann über ein spezielles Modell des Austauschtransports.

W. Beier, Einführung in die theoretische Biophysik. G. Fischer Verlag Stuttgart 1965.

In diesem Buch finden sich Kapitel über die Thermodynamik biophysikalischer Systeme, über Transportprozesse in Ionenmembranen, über Membranpotentiale sowie die elektrische Leitfähigkeit von Membranen.

Snell, Shulman, Spencer, Moos. Biophysikalische Grundlagen von Struktur und Funktion. S. Hirzel-Verlag Stuttgart 1968.

Enthält Kapitel über die Grundbegriffe der Thermodynamik (Entropie, Hauptsätze der Thermodynamik); behandelt chemische Potentiale und Diffusionsvorgänge; beschreibt Membrangleichgewichte (Ionengleichgewichte, Donnanverteilung) und Transportvorgänge in biologischen Systemen.

H. Metzner, Die Zelle. Struktur und Funktion. Wissensch. Verlagsgesellschaft mbH Stuttgart 1971.

Beiträge von G. N. Ling über elektrische Potentiale lebender Zellen und K. Mengel über den Stofftransport der Zellgrenzflächen.

R. N. Robertson, Protonen. Elektronen. Phosphorylierung. Aktiver Transport. Wilhelm Goldmann Verlag München 1971.

Im ersten Teil des Buches wird die Entwicklung der Mitchell-Hypothese dargestellt. Die folgenden Kapitel schildern Ionenbewegungen und Ladungstrennung an Organellen (Chloroplasten u. Mitochondrien). Anschließend wird der aktive Transport in pflanzlichen und tierischen Zellen beschrieben.

Gerrit ten Bruggencate, Experimentelle Neurophysiologie. Wilhelm Goldmann Verlag München 1972.

Ein Abriß über die Physiologie des Nervensystems, bei dem das Experiment und experimentelle Meßmethoden in den Vordergrund gestellt wurden. Im ersten Kapitel werden Ionenprozesse bei der Nervenerregung behandelt. Hier findet sich auch eine Beschreibung der voltage-clamp-Technik.

R. F. Schmidt, Grundriß der Neurophysiologie. Springer Verlag Berlin–Heidelberg–New York 1972.

Enthält einen Beitrag von J. Dudel über die Erregung von Nerv und Muskel, wobei die Natriumpumpe und die Kinetik der Reizleitung beschrieben wird.

H. Bielka, Molekulare Biologie der Zelle. VEB Gustav Fischer Verlag Jena 1973.

Ein Kapitel von E. Müller handelt über «Allgemeine Struktur- und Funktionsprinzipien der Zelle», wobei Biomembranen allgemein charakterisiert werden. Zwei weitere Kapitel von F. Müller sowie H. Remke und F. Mach beschreiben Bau und Funktion tierischer und bakterieller Plasmamembranen.

W. Tanner, Stofftransport durch Biomembranen Biologie in unserer Zeit 3. Jahrgang, Okt. 1973.

Ein guter Übersichtsartikel.

Sachregister